CW01212574

Lorsque j'étais illuminé

© *Atine Nenaud, 2012*
Tous droits réservés

ISBN 978-1-291-13637-1

Dépôt légal D/2012/12.633/4

Stéphane Lumin

Lorsque j'étais illuminé

Atine Nenaud

À ma famille

Tous les deux, l'homme et sa femme, étaient nus, et ils n'en éprouvaient aucune honte l'un devant l'autre. 1 Le serpent était le plus rusé de tous les animaux des champs que le Seigneur Dieu avait fait. Il dit à la femme : « Alors, Dieu vous a dit : 'Vous ne mangerez le fruit d'aucun arbre du jardin' » 2 La femme répondit au serpent : « Nous mangeons les fruits des arbres du jardin. 3 Mais, pour celui qui est au milieu du jardin, Dieu a dit : 'Vous n'en mangerez pas, vous n'y toucherez pas, sinon vous mourrez.' » 4 Le serpent dit à la femme : « Pas du tout ! Vous ne mourrez pas ! 5 Mais Dieu sait que, le jour où vous en mangerez, vos yeux s'ouvriront, et vous serez comme des dieux, connaissant le bien et le mal. »

6 La femme s'aperçut que le fruit de l'arbre devait être savoureux, qu'il avait un aspect agréable et qu'il était désirable, puisqu'il donnait l'intelligence. Elle prit de ce fruit, et en mangea. Elle en donna aussi à son mari, et il en mangea. 7 Alors leurs yeux à tous deux s'ouvrirent et ils connurent qu'ils étaient nus. Ils attachèrent les unes aux autres des feuilles de figuier, et ils s'en firent des pagnes.

8 Ils entendirent le Seigneur Dieu qui se promenait dans le jardin à la brise du jour. L'homme et la femme allèrent se cacher aux regards du Seigneur Dieu parmi les arbres du jardin. 9 Le Seigneur Dieu appela l'homme et lui dit : « Où es-tu donc ? » 10 L'homme répondit : « Je t'ai entendu dans le jardin, j'ai pris peur parce que je suis nu, et je me suis caché. » 11 Le Seigneur reprit : « Qui donc t'a dit que tu étais nu ? Je t'avais interdit de manger du fruit de l'arbre ; en aurais-tu mangé ? » 12 L'homme répondit : « La femme que tu m'as donnée, c'est elle qui m'a donné du fruit de l'arbre, et j'en ai mangé. » 13 Le Seigneur Dieu dit à la femme : « Qu'as-tu fait là ? » La femme répondit : « Le serpent m'a trompée, et j'ai mangé. »

14 Alors le Seigneur Dieu dit au serpent : « Parce que tu as fait cela, tu seras maudit parmi tous les animaux et toutes les bêtes des

champs. Tu ramperas sur le ventre et tu mangeras de la poussière tous les jours de ta vie. 15 Je mettrai une hostilité entre la femme et toi, entre sa descendance et ta descendance : sa descendance te meurtrira la tête, et toi, tu lui meurtriras le talon. »

16 Le Seigneur Dieu dit ensuite à la femme : « J'aggraverai tes souffrances et tes grossesses ; c'est dans la souffrance que tu enfanteras des fils. Le désir te portera vers ton mari, et celui-ci dominera sur toi. »

17 Il dit enfin à l'homme : « Parce que tu as écouté la voix de ta femme, et que tu as mangé le fruit de l'arbre que je t'avais interdit de manger : maudit soit le sol à cause de toi ! C'est dans la souffrance que tu en tireras ta nourriture, tous les jours de ta vie. 18 De lui-même, il te donnera épines et chardons, mais tu auras ta nourriture en cultivant les champs. 19 C'est à la sueur de ton visage que tu gagneras ton pain, jusqu'à ce que tu retournes à la terre dont tu proviens ; car tu es poussière, et tu retourneras à la poussière. »

20 L'homme appela sa femme Ève (c'est-à-dire : la vivante), parce qu'elle fut la mère de tous les vivants. 21 Le Seigneur Dieu fit à l'homme et à sa femme des tuniques de peau et les en revêtit. 22 Puis le Seigneur Dieu déclara : « Voilà que l'homme est devenu comme l'un de nous par la connaissance du bien et du mal ! Maintenant, ne permettons pas qu'il avance la main, qu'il cueille aussi le fruit de l'arbre de vie, qu'il en mange et vive éternellement ! » 23 Alors le Seigneur Dieu le renvoya du jardin d'Éden, pour qu'il travaille la terre d'où il avait été tiré. 24 Il expulsa l'homme, et il posta, à l'orient du jardin d'Éden, les Kéroubim, armés d'un glaive fulgurant, pour interdire l'accès de l'arbre de vie.

Prologue

Je me saisis d'un livre de Tony Parsons intitulé « *Ce qui Est* ». En le feuilletant, je tombe sur un extrait qui attire mon attention. Je lis :

« Fondamentalement, la réalisation de l'illumination apporte avec elle la soudaine compréhension qu'il n'y a rien ni personne à illuminer. L'illumination est, tout simplement. Elle ne peut être possédée, pas plus qu'elle ne peut être atteinte ou gagnée comme une sorte de trophée. Tout et toute chose est unicité, et tout ce que nous faisons en essayant de la trouver se met en travers de sa survenue... »

Je ne suis pas séduit par ce texte qui va à l'encontre de mes croyances. En m'apprêtant à rendre le livre à la bibliothèque, je constate qu'il n'y a plus de place entre les autres œuvres. D'une main je les écarte pour mieux tenter de glisser l'ouvrage à sa place. Mais la pression exercée par une étagère déjà comble est telle que j'ai l'impression qu'une force mystérieuse cherche à m'empêcher de le ranger. Énervé, je dépose «*Ce qui Est*» à l'horizontale, sur une rangée de livres guère soucieux de mon bon vouloir.

Après de longs instants passés à rechercher mon bonheur, je décide finalement de m'enquérir d'une édition sur les contes des sages soufis, ainsi qu'un ouvrage écrit par un célèbre psychiatre. Enfin, je me rends à la caisse.

Lorsque j'étais illuminé

Près de la sortie, j'entrevois sur une étale les derniers romans qui viennent de paraître. Une œuvre attire tout particulièrement mon attention, car son titre évoque clairement le thème de la spiritualité. Faisant confiance au hasard, je prends ce roman avec les deux autres publications.

Ce soir je commencerai par lire le roman, il deviendra pour quelques jours mon livre de chevet : un nouveau bienfaiteur qui m'aidera, j'en suis certain, à découvrir la « Lumière ».

- 1 -

Pforzheim, jeudi 15 Octobre 1992.

Ai-je rencontré Dieu en ce jour ensoleillé ?
Ma mère va penser que je suis devenu fou.

Nous sommes au garde à vous, en ce début d'après-midi, sur la place d'armes du 3e Régiment de Hussards. Il fait beau. J'arrive au terme de dix mois de service militaire au sein de la brigade franco-allemande basée aux confins de la Forêt Noire, dans le Bade-Wurtemberg, en Allemagne. Il me reste moins d'un mois avant la libération. Tout à l'heure, les bus articulés affrétés par l'armée viendront nous chercher pour nous conduire à la gare. Là, dans une joie générale nous guetterons tous, avec impatience, l'arrivée du train. Je rejoindrai ma famille pour une semaine de permission bien méritée.

L'adjudant procède à l'appel. Les façades blanches des bâtiments d'escadron nous renvoient la lumière presque aveuglante du soleil. Mais un rayonnement encore plus intense vient d'envahir mon cœur, d'enflammer mon âme. Je ressens une ardeur indéfinissable, une joie de vivre et un sentiment de grandeur.

Aujourd'hui je touche au but, j'embrasse de tout mon être l'énergie divine que j'ai poursuivie avec tant de frénésie, et qui me nourrit désormais de son Amour.

Lorsque j'étais illuminé

La foi en l'instant me comble. Je n'ai plus peur de rien. Je suis dans un état d'exaltation totale.

Je suis Heureux, Heureux car je Suis.
Je vais éclairer le monde. Je suis illuminé.

À ce moment, le passage du livre de Tony Parsons me revient en mémoire :

« *Le jour où tu seras Illuminé, tu auras la soudaine compréhension qu'il n'y a rien ni personne à illuminer. L'illumination est, tout simplement. Tu ne peux la posséder...* »

Pourtant je suis Lumière, je suis Vérité, je le sais, car en arrivant au rassemblement j'ai vu ma splendeur se répandre sur mes compagnons. Le soleil ne perçoit peut-être pas son rayonnement, mais il peut apprécier sa luminosité qu'il projette sur les blanches façades. Et puis, il y a cette force qui me soulève ; elle témoigne du changement extraordinaire que je suis en train de vivre.

Tout à l'heure, sous l'euphorie, j'ai bien failli sortir sur la place d'armes en chaussettes, il n'y a que les Hommes qui s'habillent, moi je n'en ressens plus l'utilité.

Je sens mon esprit qui commence à s'élever lentement vers les cieux, malgré l'immobilité de mon corps bien rangé en ordre serré au sein du bataillon. Je dois me ressaisir et me comporter comme les autres pour ne pas me faire remarquer. Je suis tenu de rentrer chez moi – puisque c'est prévu – même si cela me semble inutile, car j'habite maintenant dans mon royaume.

Voilà ce que j'éprouvais cet après-midi-là où ma vie bascula dans la folie. J'avais 23 ans.

Nous regagnâmes nos quartiers pour changer à la hâte nos treillis contre nos tenues civiles. Je me déshabillai avec lenteur et difficulté car mes facultés de concentration s'amenuisaient peu à peu. La spontanéité, qui, jusqu'à cet après-midi-là régissait chacun de mes gestes, faiblissait au fur et à mesure que le temps s'écoulait.

Lorsque j'étais illuminé

J'étais tiraillé entre le ciel et la terre.

Comment aurais-je pu concilier ces deux univers que tout oppose ? Ma condition d'homme n'était adaptée que pour le monde dans lequel j'étais né. Je perdais pied et les efforts que je mettais en œuvre pour imiter les autres me déclenchèrent de légères angoisses.

Malgré l'étrange conflit qui s'était emparé de moi, je réussis à m'habiller…

…Mon voyage finirait à la tombée du jour, ce soir j'avais rendez-vous avec la mort.

Je devais mourir pour renaître.

Ces pensées oppressantes, qui semblaient ne point m'appartenir, me hantèrent tout au long du trajet.

Dès que je fus rentré, ma mère me fit remarquer mon étrange comportement : j'accomplissais d'innombrables allers-retours, sans mot dire, entre la cuisine et ma chambre qui étaient reliées par un long couloir. J'ignorais mon père et mon plus jeune frère Thomas, âgé de dix-neuf ans.

Ma mère me pria, à maintes reprises, d'ôter ma veste et mes chaussures. Je ne l'entendais pas. Je ne savais plus ce que je devais faire, rien n'avait de sens. Mes pensées s'emballèrent. J'errais dans un univers chancelant, j'avais perdu tous mes repères.

Au bout d'un moment, je me ressaisis enfin et me délestai de ma veste pour l'abandonner sur mon lit. Je m'immobilisai quelques minutes devant ma bibliothèque, baignée par une faible lumière, dont les livres avaient alimenté ma quête et permis de percer les mystères de « *l'inaccessible révélation divine* ».

Lorsque j'étais illuminé

À cet instant, je fus affligé d'une écrasante douleur, d'un brusque pilonnage en plein cœur. Je ne pus dompter ma respiration qui s'emballa.

Mon Dieu qu'ai-je fait ?

J'avais vu ce qu'aucun mortel ne devait voir, j'avais outrepassé la frontière interdite, goûté au fruit défendu. J'avais péché par orgueil et maintenant j'allais l'expier de tout mon être.

Que faire pour sabrer de ma mémoire la toute-puissante clarté qui m'avait enivré et qui dès lors m'aveuglait. Il me fallait à tout prix rebrousser chemin. Si seulement j'avais pu contracter une soudaine amnésie, sombrer dans un coma profond – éteindre la lumière – pour ressusciter à une nouvelle innocence. Je me serais réveillé alors l'esprit vierge de toutes pensées, tel un nouveau- né, orphelin d'un improbable passé. Seule une renaissance aurait pu abolir cet étrange état dans lequel je m'étais enfermé.

Mon père me rejoignit, il insista pour que je passe à table. J'essayai de toutes mes forces de me ressaisir afin de le suivre, espérant échapper à la douleur.

J'étais perdu, je ne pouvais rien avaler.

Il n'y a que les Hommes qui mangent.

— Pourquoi ne manges-tu pas ? me demanda ma mère.

— Parce que je suis rassasié de nourriture spirituelle, ce soir je n'ai plus faim, lui répondis-je sur un ton glacial.

Thomas me regardait d'un air ébahi. Mon père, l'air soucieux, m'observait comme un étranger qui se serait invité à l'improviste.

Les angoisses m'assaillirent de plus belle.

— Que t'arrive-t-il ? poursuivit ma mère.

Lorsque j'étais illuminé

— Je m'élève vers les cieux, là où je vais personne ne peut me suivre...

— Serais-tu en train de devenir fou ?

— ...

— Fréquenterais-tu une secte ? Il faut te raisonner ; reviens sur terre ! Tout à l'heure, ton frère va rentrer et il sera fatigué. Alain n'aura pas la patience d'écouter de folles histoires... Ton père avait vu juste lorsqu'il disait que tu deviendrais cinglé à la lecture de ces livres de pseudo psychologie, sans parler de ces musiques morbides... ces messes de mort que tu écoutais à longueur de journée.

Les Requiem de Fauré, de Brahms ou de Mozart n'avaient rien de morbide, bien au contraire, ils m'avaient inspiré durant mes longs moments de méditation.

Un présage me laissa entrevoir que l'unique façon de m'élever au-dessus de mes angoisses était de poursuivre mon chemin vers la lumière, de rompre définitivement avec le monde terrestre pour devenir divin. J'accomplirais une action prophétique. Comme le Christ, j'irais reconnaître mes disciples, et ensemble nous annoncerions la bonne nouvelle. Je parlerais aux Hommes du royaume de Dieu, de l'Unité.

Alors que cette intention – mission que je souhaitais imminente – eut tout juste traversé mon esprit, j'informai ma famille de son contenu et de son bien-fondé.

Je n'avais pas terminé mes explications, qu'ils me dévisagèrent tous les trois comme si j'étais réellement dérangé.

Voilà qu'il se prend pour le Christ ! Avait dû penser ma mère en s'adressant au ciel.

Lorsque j'étais illuminé

À nouveau perdu dans mes pensées, je n'avais pas entendu mon frère cadet rentrer. Il nous salua rapidement avant de déposer son lourd paquetage dans sa chambre. Il était militaire professionnel, il s'était engagé dans l'armée de terre à l'âge de 17 ans, après avoir passé son baccalauréat. Il ne se préoccupait guère de spiritualité, il préférait le sport, l'art du combat, et les films de guerres.

Mes parents lui firent part de leur inquiétude me concernant. À son tour, il se plaignit de sa fatigue due à plusieurs heures de route. Il s'approcha de moi, nonchalant, et me demanda de relever mes manches. Il soupçonnait que la drogue fût à l'origine de mes délires. Bien sûr, son examen se révéla vain.

La fatigue m'envahit, je décidai alors, presque malgré moi, d'aller me coucher. Mes parents chuchotèrent. Je leur intimai le silence ; j'avais besoin de calme pour pouvoir dormir.

- 2 -

Le jour se levait, je vivais toujours. Dieu m'avait oublié cette nuit, mais pas moi...

En délaissant mon lit, je renouai avec les angoisses de la veille. La journée s'annonçait ténébreuse. J'eus la désagréable sensation de manquer d'air ; je ressentis le besoin urgent de sortir – de m'évader – mais je me révélai incapable d'une quelconque initiative. J'étais prisonnier de mes pensées, de mon corps.

À nouveau, je me mis à déambuler dans l'appartement, oubliant mon petit-déjeuner...

Sous la pression obstinée de ma mère et du peu d'instinct de survie qu'il me restait, je finis par avaler un verre de lait froid. J'étais persuadé de ne pouvoir manger que quelques rares aliments ayant une importante valeur en tant que symboles spirituels : l'eau, le lait, certains fruits comme la pomme – surtout la pomme – et de préférence crus. J'expliquai à ma famille que la nourriture n'était plus en accord avec mon évolution vers l'immatérialité. Ma mère fut excédée par la teneur de mes propos qu'elle jugea incohérents.

Constatant ma détresse, Alain me proposa de l'accompagner ; il s'apprêtait à prendre sa voiture pour aller faire quelques courses.

Lorsque j'étais illuminé

Mes parents s'inquiétèrent, ils n'étaient pas certains qu'il fût prudent que je sorte. Je devais laisser transparaître bien plus que l'expression d'un profond mal-être.

Alain insista…

Le ciel était couvert et le trajet me parut interminable. Concentré sur la route, mon frère m'ignorait. Comme lui, je gardais le silence.

Nous arrivâmes sur le parking de l'hypermarché le plus proche. Alain avait besoin d'une carte routière relative à la région dans laquelle il était affecté. Il souhaitait également acheter quelques victuailles qu'il prévoyait d'emporter à la caserne.

Je le suivis tandis qu'il s'enfonçait entre les gondoles. Tout à coup, mon esprit sembla vouloir se détacher de mon corps. En guise de réaction, j'essayai de me raccrocher énergiquement aux souvenirs de mon ancienne réalité. Afin de ne pas succomber au vertige, je m'efforçais de fixer mon attention sur les milliers d'articles qui étaient entreposés autour de moi ; je m'évertuais à regarder le flot incessant de clients qui circulaient au milieu des allées, qui s'arrêtant pour remplir leurs caddies, qui discutant çà et là… Je tentais tant bien que mal de me laisser captiver par la musique d'ambiance, par le froid qui émanait des réfrigérateurs, par la senteur du café, des fruits ou le parfum des fleurs. Mais, après un ultime effort, je compris que je ne percevrais plus jamais rien comme avant. Le monde m'était devenu étranger.

Je n'apprécierais plus jamais la diversité des couleurs qui se côtoient, telle la beauté d'un arc-en-ciel, mais seulement la somme de toutes ces couleurs se mélangeant dans une blancheur irréelle. Je ne vibrerais plus au rythme de la musique, au contact

Lorsque j'étais illuminé

d'harmonieuses compositions dont les notes se poursuivent tels des nuages dans l'éther et la durée. Il ne me resterait que le bruit ou la somme de toutes ces notes immobiles dans le temps, le silence. Je ne différencierais plus une bouteille d'un livre ; qu'importait où j'évoluerais, toutes les images, tous les sons, la musique, chaque senteur, odeur et impression, et bientôt le goût, tout ce qui avait embrassé dans un proche passé mes cinq sens, se limiterait pour toujours à un seul sentiment : l'Unité.

Pourquoi la vision de Dieu, la vision de l'unité, me provoquait-elle de si terribles effrois, au point de balayer la plus infime de mes sensations ? Pourquoi ce puissant amour que j'avais embrassé, anéantissait désormais tous mes sentiments au point de détruire ma personnalité ? Pourquoi ne pouvais-je plus vivre normalement comme c'était le cas avant l'instant de mon illumination ? Pourquoi devais-je payer le prix fort pour avoir mangé le fruit de l'arbre qui était au milieu du jardin ?

Les courses effectuées, nous reprîmes la route pour nous rendre chez l'opticien qui délivrait les lentilles de contact de mon frère.

Quelques gouttes de pluie commencèrent à tomber lorsqu'Alain gara son véhicule en face de la boutique spécialisée. Il me demanda de l'attendre dans la voiture.

Seul, je laissai glisser mon regard sur le pare-brise qu'arrosait une pluie toujours plus abondante.

Un sentiment de profonde solitude m'envahit. *Le vide.* Je souffrais d'être emprisonné dans ma tête. Mon cerveau étouffait. Je n'avais jamais rien ressenti de comparable : la douleur insurmontable provoquée par la conscience d'être enfermé dans mon propre crâne. Mes yeux se confondaient avec les gouttes d'eau qui s'abattaient sur la vitre. À ce moment, mon esprit quitta la voiture...

Je fis un étrange voyage, qui, en l'espace d'une poignée de secondes, me plongea dans un épais brouillard blanc. Les nuages dansèrent autour de mon être avant de se dissiper lentement, laissant apparaître de mystérieux spectres aux contours incertains.

Lorsque j'étais illuminé

Ils se murent au lointain avant de venir vers moi. Il s'agissait d'un groupe de femmes. Elles poursuivaient inlassablement leur lente progression avec une tranquillité effarante. Soudain, l'une d'elle se détacha du groupe qui s'était immobilisé et vint se tenir en face de moi. C'était une femme de forte corpulence. Elle portait une blouse de couleur rose clair, et une paire de lunettes assorties. Elle me tendit un morceau d'étoffe, et me dit :

— Tenez ! Voici un torchon.

— ...

Brusquement, un claquement métallique me fit sursauter. Les mystérieuses femmes s'évanouirent.

Je vis mon frère en train de boucler sa ceinture.

— Je n'ai pas été trop long ?

— Tu m'as surpris, je crois que je me suis assoupi.

Avais-je rêvé ? Pourtant je ne m'étais pas endormi !

Nous étions rentrés un peu avant midi. Ma mère, murée dans le silence, terminait de préparer le repas tout en me tournant le dos ; cela dura une bonne vingtaine de minutes. Je pensais qu'elle appréhendait de me revoir, elle devait craindre le pire. Elle avait raison.

Tandis que ma famille s'était attablée, je restais planté au milieu de la cuisine en mangeant une carotte. Confrontée à mon désarroi, et à sa propre impuissance, ma mère m'avertit qu'elle me ferait interner dans un hôpital psychiatrique si mon état ne s'améliorerait pas rapidement. Mon père, désarmé, la soutint du regard.

— Faîtes ce que vous avez à faire, leur dis-je, en m'imaginant déjà persécuté pour « l'enseignement révolutionnaire » que j'allais prodiguer aux Hommes.

Allais-je subsister un jour de plus ?

J'avais l'intime conviction que ma vie s'achèverait avant la nuit. J'avais tout vu. J'étais arrivé à destination de mon grand voyage, au bout de mon existence. Je connaissais Dieu, alors que la plupart des Hommes ne peuvent s'appuyer que sur leur foi pour tenter de l'appréhender. Il ne me restait plus rien à entreprendre sur cette terre, plus rien à espérer...

— *Père ! Je t'en supplie viens cueillir le fruit, car il est mûr.*

— *Père, arrache-moi du monde des Hommes, car ma vie, ici, est finie. Ta lumière a irradié mon esprit. Je t'ai contemplé avec les yeux grands ouverts. Je t'ai respiré à en mourir. Tu as attisé la lueur blottie au fond de mon cœur. Ce soir, tout mon être se consume. Ce soir, je prends feu.*

Je brûlais. Mon corps n'était plus qu'un immense brasier. Ma peau se détachait en lambeaux. Une douleur intense me fit me projeter contre les murs, contre les meubles. Je roulai sur le sol. Les flammes, symbolisant ma souffrance, étaient invisibles aux yeux de mes proches, elles ne m'anéantiraient point.

Ma famille était choquée et terrifiée par ma soudaine agitation. J'avais passé l'après-midi et la soirée à marcher silencieusement d'une pièce à l'autre, je me précipitais maintenant dans tous les sens. Je me ressaisis, non sans peine, pour aller m'enquérir de cordelettes ou de câbles... Je paniquais de ne point trouver les liens qui me délivreraient.

— Je dois renaître ! Vite ! Aidez-moi ! Il va falloir m'attacher ! Je brûle ! Dépêchez-vous ! Criai-je.

Lorsque j'étais illuminé

— Tu es en plein délire, tu ne vas pas renaître ! Au nom du ciel calme-toi ! répliqua ma mère à plusieurs reprises.

Je devais oublier, vomir, expulser le fruit défendu que j'avais avalé.

Je me précipitai avec quelques rallonges électriques, trouvées dans un placard, en direction de mon lit. Je m'allongeai.

— Dépêchez-vous ! Venez me ligoter ! Maman, viens près de moi ! Cette nuit tu vas devoir être forte, cette nuit tu accoucheras une seconde fois de ton fils !

Ma mère ne réagit pas à mes appels incessants bien que le temps me fut compté. Dans quelques secondes je serais pris de terribles convulsions, mon corps se déchirerait, se propulserait dans toutes les directions, avant de se figer à jamais. Pour finir, mes pensées m'abandonneraient définitivement.

Je ne parvenais pas à m'attacher. Lorsque je m'apprêtai à chercher de l'aide, des bruits de pas – bruits de bottes – mêlés à la voix de ma mère et à celle d'étrangers, convergèrent vers moi.

Deux pompiers, guère rassurés sur mon état, m'empêchaient de voir le visage inondé de larmes d'angoisses de celle dont j'avais besoin. L'un d'eux, le regard rempli de compassion, me demanda si je consentais à le suivre. J'acceptai spontanément, comprenant que je n'aurais pas d'autres choix en présence de ces deux athlètes expérimentés.

Ma renaissance fut compromise, tel l'avait décidé ma famille en téléphonant aux secours. En contrepartie, ma mission prophétique allait peut-être reprendre un nouvel élan.

J'étais assis sur un lit, cerné par quatre murs blancs. Seul, dans une minuscule chambre d'un hôpital psychiatrique. Une pièce de passage, préambule d'interminables journées d'angoisses et d'isolement. Un univers inconnu, où des dizaines d'individus s'y étaient laissés enfermer avant moi ; Des femmes et des hommes, impuissants, qui avaient vu se refermer de lourdes portes sur leurs impossibles existences, les abstrayant ainsi du monde.

J'attendais le médecin psychiatre de garde. Il avait été prévenu de mon arrivée.

Quelle chance allait-il avoir de rencontrer un ange parmi les Hommes. Quelle chance allaient avoir les malades en ce lieu, car Dieu pensait à eux en m'envoyant ici.

Mes angoisses diminuèrent considérablement, car je me sentis soudainement à ma place.

Un jeune docteur en blouse blanche, à l'allure longiligne, aux cheveux frisés, et à la démarche souple, apparut.

Après les présentations, il m'interrogea avec attention.

Enfin quelqu'un, qui, grâce aux études qu'il avait accomplies, me comprendrait.

— Qu'est-ce qui vous arrive ? me demanda-t-il.

— J'ai fait une immense découverte...

— Poursuivez, je vous prie !

— J'ai découvert la Vérité !

— ...

— Mais maintenant, je dois renaître, car ma vie est parvenue à son terme...

— Nous vous aiderons à renaître, nous sommes là pour ça...

Lorsque j'étais illuminé

Enfin quelqu'un qui me croyait.

— Je vais avoir besoin de ma mère.

Est-il possible de naître sans une mère !

— Nous en reparlerons lundi. Comment vous sentez-vous ?

— Mieux.

— Et tout à l'heure, comment vous sentiez vous ?

— Angoissé...

— Pouvez-vous me dire d'où vous proviennent ces angoisses ?

— C'est la vérité qui me fait souffrir. La conscience d'être prisonnier dans mon corps et dans ma tête. Je dois en sortir le plus rapidement possible...

— Vous sentez-vous seul ?

— Oui, je suis très seul dans ma tête. Personne ne nous rend jamais visite là-haut, expliquai-je en pointant mon index sur mon crâne.

— Nous allons vous garder ici quelques jours, qu'en pensez-vous ?

(Silence...)

Le docteur conclut l'entretien et m'invita à patienter jusqu'à ce qu'une infirmière vienne me chercher. Enfin, il rejoignit ma mère qui s'était présentée à l'admission.

Ce « pseudo psychiatre » ne semblait finalement pas prendre au sérieux ma découverte.

Lorsque j'étais illuminé

Ma mère l'avait questionné au sujet de mon état. Il l'avait rassurée en affirmant, qu'avec son équipe, il ferait de son mieux pour me permettre de renaître. Ma mère m'apprit plus tard que cette parole l'avait choquée.

Une infirmière nous introduisit dans une chambre abritant deux lits inoccupés. Sans attendre, ma mère rangea machinalement deux ou trois habits de rechange qu'elle avait emportés dans la précipitation. Elle arborait un visage décomposé ; elle me donna l'impression d'être totalement démunie. L'infirmière me pria d'avaler des médicaments qu'elle me tendît avec un verre d'eau en m'expliquant que cela m'aiderait à dormir. Puis, elle m'ordonna d'enfiler un pyjama fourni par l'hôpital. Après m'être exécuté, je m'immobilisai au centre de la pièce. D'une voix hésitante, ma mère me demanda si je désirais encore quelque chose avant son départ. Je réclamai une pomme verte. L'infirmière répondit à ma requête en allant chercher le fruit.

Ma mère m'embrassa en me promettant de revenir, le lendemain matin, avec mon père et mes frères.

Je croquai un morceau de la pomme avant de la placer bien soigneusement, la partie manquante en évidence, sur le verre d'eau que j'avais posé sur la table de chevet : *sur son piédestal.*

...Enfin, je sombrai dans un sommeil profond et sans rêve...

- 3 -

Le lendemain matin, après avoir ingurgité une nouvelle série de pilules, des gouttes, et un semblant de petit-déjeuner sans saveur en compagnie d'une quinzaine de malades taciturnes, je regagnai ma chambre. Ma famille ne tarderait pas à me rendre visite.

Quelques minutes plus tard, une infirmière entra, précédée d'une nouvelle admission : il s'agissait d'un homme d'une quarantaine d'années, d'origine maghrébine. Il s'allongea sur l'autre couche qui paraissait l'attendre depuis la veille, laissant le soin à la professionnelle de ranger ses affaires. L'homme s'était précipité sur son lit sans même daigner me saluer.

Brusquement, il s'assit en tailleur et se mit à protester :

— Une femme a pris mes clopes tout à l'heure ! J'ai envie de fumer, rendez-moi mes clopes !

— Lorsque vous aurez envie de fumer, monsieur, vous n'aurez qu'à vous rendre auprès de l'infirmier de garde qui tient à disposition vos cigarettes. Il est toléré de fumer uniquement dans le fumoir, situé à côté du réfectoire. Pour l'instant, je vais vous demander de prendre des médicaments.

L'homme s'exécuta.

L'infirmière quitta la pièce, talonnée de mon compagnon d'infortune parti à la recherche de ses précieuses cigarettes. Ils croisèrent mes parents et mes frères qui arrivèrent à ce moment.

— Comment vas-tu ? me demanda d'emblée ma mère avant de m'embrasser.

— Mal, très mal, je vais bientôt mourir…

Je croyais de nouveau ardemment à ma mort prochaine ; chaque inspiration nourrissait mes angoisses : elles étaient semblables à des milliers d'aiguilles qui me transperçaient le thorax et qui m'empêchaient de respirer. Il fallait bien qu'il y ait une fin à cette insoutenable douleur.

Ma mission prophétique n'était peut-être qu'une illusion, qu'une fausse croyance.

— Ne dis pas de sottises ! J'ai discuté avec le docteur hier soir, il m'a dit que tu faisais une dépression, personne ne meurt d'une dépression.

Mes frères furent impressionnés par la sécurité carcérale des lieux. Les entrées de l'hôpital étaient surveillées et toutes les fenêtres condamnées. L'unique accès menant au service psychiatrique était verrouillé à double tour. Une aide-soignante, dont je n'avais aucun mal à imaginer le regard inquisiteur, leur avait demandé de se présenter avant d'activer les multiples verrous.

— Il faut bien te soigner, et surtout te reposer, tu pourras ainsi espérer sortir rapidement, m'expliqua Alain avec un sérieux inhabituel.

— Quand bien même je redevienne comme "avant", comment les médecins s'en apercevront- ils ? On ne sort pas facilement d'un hôpital psychiatrique ; c'est comme une prison ici, ils ne prendront aucun risque.

À ces mots, Alain se précipita hors de la pièce et s'effondra en pleurs sur le sol du couloir. Mon père le força à se relever en lui disant, pour le rassurer, qu'on ne garde pas les malades au-delà d'un mois dans ce type d'établissement.

À cause de la mort que je ressentais comme imminente, je passai rapidement en revue diverses formalités plus ou moins sérieuses avec ma mère...

Après une heure de présence, durant laquelle j'avais eu le sentiment d'avoir bien préparé mon grand départ, ils s'en allèrent.

Entre-temps, mon camarade de chambre était revenu s'allonger sur son lit. Il empestait la cendre froide. Les yeux rivés au plafond, il m'ignorait toujours. J'avais le profond sentiment de ne pas exister en sa présence.

J'aurais pourtant aimé partager avec lui ma grande découverte, lui parler de la lumière divine, lui expliquer comment j'étais parvenu à la trouver. Je lui aurais relaté l'importance de mes lectures, les bienfaits de la méditation. Je lui aurais retracé mon histoire personnelle : de mon enfance jusqu'à ce moment où la Vérité m'était apparue...

J'imaginais qu'il avait vécu quelque chose d'analogue. Mais à bien y réfléchir, j'appréciais son silence, et le dialogue avec lui m'aurait certainement profondément déplu.

Tout à coup, on frappa à la porte. J'invitai le ou les visiteurs à entrer.

Deux femmes et un homme s'approchèrent de mon voisin d'une façon hésitante.

— Que fais-tu là Rachid ? l'interrogea la dame plus âgée, certainement sa mère.

— J'ai été surprise que tu ne m'aies pas téléphoné hier soir, c'est la première fois que tu oublies de me souhaiter mon anniversaire. Je me suis beaucoup inquiétée. J'ai essayé à plusieurs reprises de te joindre chez toi, mais en vain, poursuivit la plus jeune des deux femmes - peut-être sa sœur.

Lorsque j'étais illuminé

Son père, à l'évidence un retraité aux traits usés par une longue vie de labeur, paraissait désabusé par un fils qui commettait une énième péripétie.

— Je suis tombé, je ne peux plus marcher, ils m'ont amené ici pour me soigner.

— Tu es blessé ? Pourtant tu ne portes aucun plâtre, aucun pansement !

— Je vous le répète, les os de ma jambe droite se sont déplacés lors de ma chute, le docteur s'occupera de moi tout à l'heure.

(Silence...)

— Fatima ! Aurais-tu des cigarettes ?

— Voyons Rachid ! Tu n'as pas le droit de fumer ici !

— Si ! Dans le fumoir, à l'autre bout du service...

— Tiens, il m'en reste quelques-unes dans ce paquet, garde-le.

Soudain, sous le regard très étonné des trois visiteurs, l'homme se leva et marcha.

— Venez ! Nous serons mieux dans le fumoir pour discuter, enchaîna-t-il.

— Je croyais que tu ne pouvais plus marcher ! s'écria sa mère.

— En fait, tous les os de mon corps se sont déplacés en même temps lors de ma chute, c'est la raison pour laquelle ils sont à nouveau à leur place.

— Je vois, s'inquiéta son père.

Lorsque j'étais illuminé

Au moment de quitter la chambre, Rachid demanda à ses parents de lui rapporter son livre préféré qu'il avait laissé sur sa table de chevet.

Étrangement, quelque chose me disait qu'il s'agissait d'un roman évoquant la spiritualité.

À midi, nous regagnâmes le réfectoire. Les malades s'installèrent au hasard, apparemment jamais à la même place et jamais avec les mêmes personnes.

Ici, la relation affective aux êtres et aux choses est inexistante.

Je crus reconnaître, non sans peine, deux ou trois visages.

La pièce était éclairée par de grandes baies vitrées. Cela offrait une illusion de liberté sur les perspectives d'un parc sans âme. Le brouillard enveloppait des arbres presque entièrement dépourvus de feuillage, ce qui accentuait l'effet languissant du paysage. Bientôt, les jours verront l'avènement de l'hiver, le froid et ses complices - le gel, la neige et la nuit – se répandre, sur nos vies, sur nos solitudes.

— Il va faire beau aujourd'hui ! s'exclama une vieille femme assise en face de moi.

Elle était mince, fragile, comme vidée de sa substance. Elle jouissait d'une longue chevelure cendrée qui bordait un visage flétri et sans vie. Sans vie, jusqu'à cette seconde ou elle caressa l'idée de sortir.

— J'irai flâner une petite heure dans le parc, cet après-midi... Il paraît qu'il est agréable de s'y promener.

— Voyons ! Vous savez très bien que nous n'avons pas le droit de sortir, trancha nerveusement une jeune femme installée sur sa gauche.

À ces paroles, la vieille dame se déroba derrière un mur de silence, abandonnant une lucidité éphémère, pour sombrer à nouveau dans les affres d'une âme sans vie.

Une infirmière circulait entre les tables avec un chariot garni de piluliers et de très petits gobelets gradués. Elle s'arrêta auprès de chacun d'entre nous, pour répéter les gestes du matin. Elle nous distribua très méticuleusement nos médicaments tout en s'assurant que nous les avalions correctement. Puis, une aide-soignante nous servit nos plats. La viande était prédécoupée car nous n'avions pas droit aux couteaux. Les fourchettes étaient comptabilisées au début et à la fin des repas.

Un jeune homme, à la barbe naissante, qui était installé au fond de la salle, se leva et s'adressa à voix haute à qui voulut bien l'écouter :

— Regardez ! Nous n'avons pas de couteaux ! Ils ont peur que l'un d'entre nous s'entaille les veines ! À mon arrivée, ils m'ont confisqué mes rasoirs !

— Veuillez déjeuner en silence ! lui lança-t-on discrètement.

Je n'avais quasiment rien mangé lorsque nous quittâmes nos tables.

Je suivis machinalement les malades qui s'engouffraient dans les couloirs. Le jeune barbu vint vers moi et me demanda si j'étais militaire. Je ne répondis pas.

Nous portions le même survêtement bleu fourni pas l'armée, cela ne lui avait pas échappé. Comme il marchait plus vite que moi,

Lorsque j'étais illuminé

il me dépassa et s'éloigna, mettant fin à une conversation à peine ébauchée.

J'eus l'étrange impression que le brouillard était parvenu à s'infiltrer à travers les murs, les baies, les portes et les fenêtres. En effet, mon esprit commença à se troubler. Cela ressemblait au songe que j'avais fait l'autre jour. J'étais persuadé que cette brume allait désormais piéger mon esprit, brouiller le moindre de mes souvenirs, altérer la vision de mon avenir.

Je me retrouvai confiné dans un espace-temps qui s'amenuisait. Je n'avais plus aucune consistance, j'étais invisible à moi-même. Prisonnier d'une poignée de secondes, d'une seule seconde.

Le temps s'arrête...

Il est seul. Immobile dans le fumoir.

Il se tient en face d'une étagère qui soutient une minichaîne hi-fi.

Personne ne sait s'il respire encore, d'ailleurs il n'y a personne.

Sa vie s'est arrêtée, bien qu'il ne soit pas mort...

« ....
....
....
....
.... »

Un souffle ?

La minichaîne produit des sons.

Est-ce moi qui l'ai mise en marche ? Je crois...

Ce qui devait être de la musique apaisante, me fit mal aux oreilles, mal au cœur, mal dans ma tête. Heureusement, je réussis à éteindre la radio, car le temps s'était remis doucement en marche.

Lorsque j'étais illuminé

Les secondes s'enchaînèrent à nouveau sur un rythme lent mais suffisamment régulier pour permettre à mes pensées de couler au sein de mon esprit. Je regagnai la chambre d'un pas lourd.

Je m'allongeai et m'endormis sous le poids écrasant des anxiolytiques.

Je me réveillai brusquement, paniqué de ne plus me rappeler ni de l'endroit où je me trouvais, ni de l'heure qu'il était. Une infirmière m'ordonna de me rendre rapidement au réfectoire, car j'étais le dernier à ne pas y avoir pris place pour le dîner.

Il faisait nuit, les baies vitrées ne laissaient plus rien filtrer de l'extérieur, elles nous renvoyaient seulement les reflets de la salle, et sous son éclairage blafard, nos silhouettes qui ingurgitaient sans conviction médicaments et repas.

J'essayai de me ressaisir, de manger un peu. Je devais à tout prix puiser dans mon esprit le peu de force qu'il me restait afin de me maintenir à flot sur l'océan de ma conscience. Je devais me battre pour ne pas sombrer définitivement. Il me fallait réaliser quelque chose d'utile. Combler les temps morts. Tromper l'ennui qui menaçait. Je devais briser le mur qui se dressait devant moi, mais je savais que cela allait être très difficile, car ce mur infranchissable, figé comme la mort, c'était moi.

Comment briser le mur sans me briser moi-même à jamais ?

Une idée me vint alors à l'esprit : après le dîner, je proposerais mes services à la plonge. Je reprendrais de cette manière mon destin en main, espérant le remettre sur les rails.

— Puis-je vous aider à faire la vaisselle ? demandai-je poliment à une aide-soignante qui poussait un chariot rempli d'assiettes, de fourchettes, de gobelets et autres cruches en direction de la cuisine.

Lorsque j'étais illuminé

— Voyons, votre place n'est pas à la cuisine ! Vous aurez le droit d'aller regarder la télévision tout à l'heure.

Tel un enfant – et parce qu'elle me considéra comme tel – j'insistai, je suppliai ; il me fallait obtenir ce travail, je devais traverser la frontière qui sépare les malades des biens portants afin de me donner le moyen de franchir «la frontière invisible» qui me séparait de la réalité.

Enfin, contre toute espérance, elle accepta.

— Régine ! Occupe-toi du jeune homme, puisqu'il souhaite nous prêter main-forte.

Une femme de forte corpulence, qui portait une blouse de couleur rose clair, et une paire de lunettes assorties, me tendit un morceau d'étoffe, et me dit :

— Tenez ! Voici un torchon.

Enfin, j'eus le sentiment que j'allais dans la bonne direction. Là, les angoisses ne pourraient plus me suivre. Cette femme venait de me fournir, sous la forme de ce torchon, un passeport. Passeport, qui, je l'espérais, me permettrait de revenir sain et sauf dans mon ancien pays : celui de l'innocence, celui de l'insouciance, celui de ma naissance.

Pendant que je m'appliquais à la tâche, j'écoutais les conversations des femmes qui s'affairaient à mes côtés. Je me sentis légèrement mieux. Aussitôt une voix, sortie de nulle part, me dit :

— *Regarde, écoute, observe bien tout ce qui se passe autour de toi, car à partir de ce soir et pour l'éternité, tu vas rayonner sur l'humanité. Dans quelques heures, tu transformeras le monde en inaugurant la mission pour laquelle je t'ai choisi.*

Enthousiaste, je demandai l'attention du personnel et leur dis :

— Ce soir, une grande chose va arriver, ce soir je serai au centre d'une importante révolution spirituelle.

— Ne vous inquiétez pas ! Il ne va rien vous arriver, rétorqua la femme à la blouse rose sur un ton qui se voulait rassurant.

Elle n'avait pas pris ma parole au sérieux. Une fois de plus, j'étais incompris. Était-ce moi qui avais la tête dans le brouillard ou bien tous ceux qui m'entouraient ?

Une infirmière s'approcha de moi :

— Nous vous remercions pour votre contribution, nous avons pratiquement terminé, allez rejoindre les autres maintenant. Si vous ne vous sentez pas bien, n'hésitez pas à nous appeler.

- 4 -

Il devait être près de minuit. Je me retournai nerveusement dans mon sommeil. Je ressentais le besoin de griller une cigarette, étrange sensation pour quelqu'un qui n'avait jamais fumé de sa vie !

Lorsque j'ouvris les yeux, je remarquai que je n'étais pas dans mon lit, mais dans celui de mon voisin. Étourdi, je me levai pour aller aux toilettes. Au passage, je vis qu'il y avait quelqu'un dans l'autre lit. Je fus pris de panique lorsque je me reconnus dormant à poings fermés. Angoissé par la vision de mon corps étendu là, à quelques centimètres de moi, je me mis à secouer violemment le lit en m'agrippant à sa base. Je ne rêvais pas...

...Je fus réveillé par de brusques secousses. Je reconnus Rachid, il se tenait au pied de mon lit. Sur le moment, je voulus réagir avec agressivité, mais en l'espace d'un battement de paupière, je me rendis compte que nous étions une seule et même personne.

« *L'Unité* ».

Quel intérêt y avait-il de s'énerver contre soi-même ? Je me levai pour aller aux toilettes.

D'autres âmes erraient dans les couloirs, la pleine lune y était sans doute pour quelque chose.

Lorsque j'étais illuminé

— Retournez-vous coucher ! chuchota sévèrement l'infirmière de garde, dès qu'elle nous aperçut.

- 5 -

— Excusez-moi ! Quelle heure est-il ?

— Je ne sais pas, je n'ai pas de montre.

— J'ai perdu mon vélo, je ne peux pas distribuer le courrier, vous n'auriez pas vu mon vélo ?

— Non...

— Je vais retourner à la poste, j'ai dû le laisser là-bas. Au fait, vous n'auriez pas l'heure ?

— Il est seize heures, mentis-je.

— Non d'un chien ! Je suis en retard.

L'homme ressortit à pas comptés de ma chambre, le visage fermé, les yeux rivés sur ses chaussons. J'en conclus qu'il revivait une expérience de son passé. Il emploierait sa journée à quémander l'heure et le chemin pour la poste aux malades et aux membres du personnel soignant. Je le suivis un instant pendant qu'il errait dans les couloirs.

Je m'arrêtai par curiosité près d'une chambre où la porte était restée entrouverte. J'aperçus la vieille dame aux cheveux cendrés ;

Lorsque j'étais illuminé

elle se coiffait machinalement, tel un automate, devant son miroir. Elle semblait se forcer à accomplir des gestes auxquels elle ne croyait plus. Je songeai alors qu'il me faudrait agir de même, et je m'astreignis à aller prendre une douche dans une salle de bain inoccupée.

Je verrouillai la porte pour ne pas être dérangé. Je me déshabillai lentement, cherchant où poser mes vêtements. Puis, je me glissai sous une pluie artificielle que j'avais provoquée en tournant deux robinets.

Je lavais un corps qui ne m'appartenait plus. Je ne savais pas si le jet était trop chaud, trop froid, ou simplement tiède : ma peau paraissait insensible au toucher, telle une carapace de pierre.

J'achevai rapidement cet acte qui n'avait aucun sens à mes yeux. J'avais oublié la douceur du savon, le plaisir de l'eau vivifiant ma tête, mes épaules, tout en ruisselant le long de mes bras, de mes jambes. J'étais comme désincarné. Il me faudrait pas mal de force et de volonté pour guider cette carcasse inerte vers le lendemain, si toutefois je devais continuer à vivre.

Je me rhabillai et quittai la salle de bains.

Alors que je m'apprêtais à pénétrer dans ma chambre, une voix étrange d'une faible intensité, une voix d'androïde, m'interpella. Surpris, je me retournai vers un homme d'une soixantaine d'années.

— Bonjour ! Comment vous appelez-vous ?

— Daniel...

— Je suis Alfred...

Alfred s'exprimait difficilement à l'aide d'un appareil électronique, un genre de micro qu'il plaquait sur un trou situé au centre de sa gorge. Il semblait heureux malgré son handicap ; il ne souffrait apparemment d'aucune maladie psychique.

Lorsque j'étais illuminé

— Que faites-vous dans la vie Daniel ?

— Je suis dessinateur...

Le vieil homme me parlait comme si il m'avait toujours connu.

— Pourriez-vous me « croquer » lorsque vous aurez un peu de temps ?

— Mais...

— Vous fumez ?

— Non.

— C'est bien, surtout ne touchez jamais aux cigarettes, regardez dans quel état je me suis mis en fumant. J'ai contracté une tumeur sur les cordes vocales, les médecins m'ont d'abord traité avec de la radiothérapie, pour finalement m'enlever le larynx. Aujourd'hui, si je peux parler et respirer c'est grâce à ce trou dans la gorge.

La voix électronique d'Alfred corroborait la force de ses propos. Cet homme venait indubitablement de traverser une longue et douloureuse épreuve.

Soudain, ma mère accompagnée de madame Martin, une voisine, vinrent interrompre la conversation portée par Alfred. Le vieil homme s'éclipsa, avant de me promettre de revenir me voir afin que je puisse le dessiner.

— Salut, comment vas-tu aujourd'hui ? me demanda ma mère.

— ...

— Viens ! Entrons dans ta chambre. Je t'ai apporté quelques affaires de rechange, et ta montre.

Ma mère posa ma montre sur le lit et continua de déballer le reste.

Lorsque j'étais illuminé

— Oh le temps ! m'exclamai-je en me saisissant de l'apparat.

— Oui, c'est une montre, reprit madame Martin comme si elle s'adressait à un débile profond.

À ce moment, une aide-soignante entra avec un pèse-personne. Elle nous salua avant de me demander de monter sur la balance.

— 58 kilos, 58 kilos pour 1m 83.

— Votre fils est très maigre ! insista encore madame Martin.

Personne ne réagit à ses commentaires.

L'aide-soignante demanda à ma mère s'il lui était possible de passer dans son bureau avant de partir, car le médecin psychiatre avait demandé à s'entretenir avec elle. Elle se tourna ensuite vers moi pour m'annoncer que je verrais le docteur le lendemain matin. Je fis semblant de ne pas l'entendre. Enfin, elle nous laissa.

— La prochaine fois, je t'apporterai des gâteaux, des bretzels et du chocolat ; peut-être apprécieras-tu de grignoter un peu à défaut de manger les plats qui te sont servis ici, me dit ma mère après un long moment de silence.

— ...

— Si tu as besoin de quoi que ce soit, n'hésite pas à en faire part aux infirmières. Nous allons te laisser maintenant, car je dois encore aller voir le docteur.

— Pourrais-tu me rapporter des feuilles blanches et mes crayons, j'aimerais dessiner...

- 6 -

— Daniel, je vous en prie, ne dessinez pas le trou !

Je respectai la doléance d'Alfred, je fis abstraction de sa mutilation : je le représentai indemne...

Alfred affichait un visage radieux, son sourire d'enfant semblait repousser au maximum les parenthèses creusées par le temps et la douleur qui étaient situées de chaque côté de sa bouche. Il ne demandait qu'à vivre et partager de bons moments avec les autres.

Il fut très ému lorsqu'il regarda le dessin que je lui tendis.

Spontanément, il me donna son adresse, comptant sur moi pour que je lui rende une petite visite, lorsque nous ne serions plus hospitalisés.

Tout au long de la journée, d'autres malades me demandèrent de les dessiner. Alfred leur avait parlé de moi et de ce qu'il pensait être du talent. Je doutais de posséder un réel don pour le dessin, mais les patients, qui devinrent pour quelques instants mes modèles, furent indulgents. Ils paraissaient contents du résultat, c'était l'essentiel. Mes angoisses avaient levé le siège pendant que je m'étais livré à cette activité, une bien courte trêve qui m'avait permis de retrouver un peu de concentration.

— N'oublie pas de dessiner ma barbe, c'est très important.

— Ne t'inquiète pas, je l'ajoute à la fin, j'ai presque terminé.

Je caricaturai le visage du jeune homme au survêtement bleu, tandis que nous attendions d'être appelés pour les consultations individuelles avec le psychiatre. Nous étions assis dans les fauteuils d'un petit coin salon improvisé dans la partie la plus large du couloir, à deux pas du bureau du spécialiste.

— Pourquoi tiens-tu tant à ta barbe ? Tu serais plus cool si tu te rasais, dit une jeune femme à l'instant où elle revenait de sa consultation.

— Tous les prophètes, tous les Saints, Jésus… ils portent tous une barbe. C'est le symbole de la paternité.

— Tu oublies le père Noël ! ajouta-t-elle en riant.

— …

— Te prendrais-tu pour Dieu ? reprit-elle encore sur un ton moqueur.

— Je suis le Père.

Quelques coups de crayons plus tard, une infirmière clama mon nom. Je fus le dernier à être appelé.

Je m'assis en face du psychiatre. Il était assisté de l'infirmière qui venait de me solliciter et d'un homme que je voyais pour la première fois : un second médecin, très probablement.

Je choisis de ne pas leur parler de ce que je vivais ces jours-ci. Je fus persuadé, en constatant leurs visages inexpressifs, qu'ils ne s'intéresseraient pas à mon histoire. Je savais qu'ils ne comprendraient rien à ma découverte, ils s'en moqueraient tout au plus car ils étaient prisonniers de leurs certitudes. En revanche, je me mis spontanément à leur raconter quelques banalités sur le déroulement de mon enfance, de mon adolescence. Je me dis que cela pourrait toujours leur être utile si je devenais important sur le plan spirituel. L'un d'entre eux pourrait alors écrire ma biographie ou un évangile.

En mauvais spectateur, ils ne laissaient transparaître aucune émotion à ce qui, je l'avoue, ressemblait plus à une énumération d'événements qu'à un récit vivant et intéressant. Ils m'écoutaient avec détachement, le regard neutre bien que continuellement posé sur moi, ce qui ne me permît pas d'apprécier s'ils étaient surpris par ma lucidité ou, à l'inverse, blasés par mon discours. Mais peut-être s'ennuyaient-ils, tout simplement ; cela pouvait aisément se comprendre puisqu'ils assistaient depuis le début de la matinée à un long défilé d'originaux.

Comment pourraient-ils, au milieu de toutes ces personnes, reconnaître le vrai prophète ? me demandai-je un instant.

Le psychiatre assis au centre prit la parole :

— Êtes-vous sujet à des hallucinations ?

— Non.

— Entendez-vous des voix de personnes que vous ne voyez pas ?

Une nouvelle fois je lui répondis par la négative, mais il insista en modifiant sa question, il devait penser que je ne l'avais pas bien comprise.

Ils ne m'avaient pourtant pas encore lobotomisé !

— Êtes-vous bien sûr que vous ne voyez pas des choses ou des personnes que votre entourage ne discernerait pas au même moment ?

— Rassurez-moi, nous sommes bien quatre ici ? demandai-je à mon tour.

— Je vous le confirme.

— Donc, tout comme vous, je ne vois aucun fantôme.

— Très bien ! Je profite de l'occasion pour vous informer que vous êtes toujours sous la responsabilité de l'armée, c'est la raison pour laquelle vous serez transféré, dès demain matin, vers le service psychiatrique de l'hôpital militaire « Lyautey » à Strasbourg. Je me joins d'ores et déjà à mes collègues pour vous souhaiter un prompt rétablissement.

La consultation s'acheva. L'infirmière me raccompagna...

- 7 -

Mardi 20 octobre 1992

L'ambulance roulait à tombeau ouvert.

— Si nous prenons de l'avance, nous gagnerons du temps nécessaire pour nous rendre chez le disquaire du centre-ville, vas-y Chris ! Accélère encore !

Le paysage défilait à toute allure, à cette vitesse nous aurions pu avoir un grave accident. Je souhaitais le pire : un dérapage, plusieurs tonneaux, la violence d'un choc qui me laisserait d'atroces blessures physiques. De douloureux traumatismes corporels obligeraient mon être à s'éveiller à la réalité humaine, forceraient mon attention à se focaliser sur mon corps. La douleur de la chair éclipserait pour un temps la douleur de l'esprit. Pour un temps ou pour toujours... mais rien de cela n'arriva.

À aucun moment les ambulanciers – de jeunes appelés du contingent comme moi – ne m'adressèrent la parole, ils n'avaient qu'une seule préoccupation : me livrer au plus vite.

Ma mère avait tenu à être présente pour m'embrasser avant mon départ. Sa tristesse m'avait laissé de marbre. Voyant mon indifférence, une infirmière m'avait demandé si je me souvenais de l'endroit où j'allais être transféré. Je lui avais répondu, non sans difficultés. Sa question n'était pas anodine, elle me l'avait posée dans le but de tester ma mémoire, une mémoire qui semblait m'abandonner un peu plus chaque jour depuis mon internement. Et puis j'avais oublié de saluer mes anciens compagnons : Alfred, Rachid, le jeune homme au survêtement bleu dont je ne connaissais même pas le nom. Alfred devait être déçu de ne plus me voir, mais cela n'avait aucune importance à mes yeux.

Après une petite heure de route, nous arrivâmes devant l'entrée du bâtiment principal de l'hôpital. J'émergeai de mes pensées.

Les deux ambulanciers remirent à l'infirmier, qui nous accueillit, mon dossier médical. Ils échangèrent ensuite quelques signatures officialisant mon transfert, et s'éclipsèrent.

L'infirmier se présenta : il s'appelait Christian, il était de garde au service de psychiatrie.

Il m'entraîna avec mes bagages dans une salle d'attente où il me remit un questionnaire à choix multiples destiné à alimenter une première consultation avec le psychiatre responsable du service.

Je remplis le document de mon mieux, ce qui apaisa un peu mes angoisses. Toutes les questions, précédées de l'habituel interrogatoire sur l'état civil, avaient pour but de cerner l'état d'esprit, ou la raison du mal-être, de celui qui y répondrait :

- *Vos parents sont-ils toujours en vie ? Oui / Non*

- *Précisez les éventuelles dates de décès : ...*

- *Vos parents sont-ils divorcés ? Oui / Non*

- *Précisez l'éventuelle date de leur divorce : ...*

- *Vous sentez vous différent de ceux qui vous entourent ? : Oui / Non*

- *Vous sentez vous rejeté ou incompris de votre entourage ? : Oui / Non*

Lorsque j'étais illuminé

- *Avez-vous vécu ces dernières semaines, ces derniers mois, une déception amoureuse ? Oui / Non*

- *Buvez-vous régulièrement de l'alcool ? : Oui / Non*

- *Avez-vous recours aux drogues douces ? : Oui / Non*

- *Avez-vous recours aux drogues dures ? : Oui / Non, si oui lesquelles ? : ...*

- *Êtes-vous homosexuel (le) ou bisexuel (le) ? : Oui / non.*

Je cochai « non » à toutes les questions sauf celle relative à l'incompréhension de mon entourage par rapport à mon discours et mes angoisses.

Après plusieurs minutes d'attente, Christian vint me chercher afin de me conduire au premier étage pour l'entrevue avec le docteur.

Au passage, il me demanda de laisser le plus grand de mes deux sacs de voyage en consigne dans une salle du rez-de-chaussée et de garder uniquement le second sac, plus léger, qui devait contenir le strict nécessaire pour la journée à venir.

Je pris soin de le remplir au maximum.

Je le suivis ensuite dans l'escalier qui menait au bureau du spécialiste. Puis, il frappa à la porte pour nous annoncer et me fit entrer.

Le docteur m'invita à m'asseoir et, après les présentations d'usage, se mit à survoler du regard le questionnaire que lui avait remis l'infirmier avant de s'effacer. Il leva ensuite les yeux et m'informa qu'il avait reçu un courrier du docteur qui s'était occupé de moi jusqu'à ce matin ; document dans lequel ce dernier lui avait résumé mon histoire.

Lorsque j'étais illuminé

Le psychiatre était un homme jeune, il avait des cheveux roux, un visage rond, il était imberbe et portait une paire de lunettes dorées ; il paraissait timide, voire mal à l'aise.

— Que ressentez-vous ? poursuivit-il.

— Tout ! lui répondis-je. Je suis en perpétuel contact avec l'énergie de l'univers, mais je ne sais pas comment la maîtriser, c'est la raison pour laquelle je souffre. Pendant des années j'ai cherché la lumière, la Vérité, ce que certains nomment « Dieu ». À deux reprises j'ai cru la trouver, la troisième fois fut la bonne. La lumière a traversé mon esprit et de toute ma volonté je l'y ai emprisonnée. Je souhaitais devenir puissant, exemplaire, j'avais soif de perfection, de reconnaissance. J'avais puisé l'inspiration dans les livres, la musique, la réflexion, la méditation...

(Silence)

Après plusieurs minutes de mutisme, je repris :

— Cette quête était vitale pour moi, car je n'avais jamais été satisfait par les réponses que m'apportaient les Hommes, les religions... Mais surtout, je n'ai jamais été satisfait par ma vie. Depuis mon enfance j'ai souffert d'importants complexes, d'une timidité maladive, d'un manque de confiance en moi qui rendait mon quotidien douloureux et insurmontable. Le jour où j'ai découvert la vérité, mon mal de vivre s'est évanoui pour faire place à un état d'euphorie et à une assurance inimaginable. Malheureusement, j'ai découvert rapidement au cours de cette expérience que, ni moi, ni personne d'autre sur cette terre n'a le droit de découvrir cette vérité. C'est écrit dans la bible, c'est d'ailleurs une des premières choses qui y est écrite. J'ai péché en mangeant la pomme de « *l'Arbre de la Connaissance* » et Dieu m'a puni pour cela.

Pendant que je parlais, le docteur prenait des notes. Quelques fois, je lui demandai de souligner un mot important à mes yeux, et à chaque fois, il s'exécuta sans rien dire.

Lorsque je cessai de parler, un lourd silence s'abattit sur nous.

Lorsque j'étais illuminé

À aucun moment le docteur ne fit de commentaire, me donna de conseils. Jamais il ne mit en avant la moindre ébauche d'une analyse me concernant. Peut-être ne savait-il encore rien à mon sujet, à moins que cela ne fasse partie d'une stratégie de sa part. Il était évident que tous les psychiatres procédaient de la même manière.

Alors que je croyais qu'il ne sortirait jamais de son mutisme, il prit la parole pour conclure l'entretien. Il m'encouragea à le déranger, chaque fois que j'aurais besoin de m'exprimer. Il me communiqua ses horaires de présence, mais je ne les retins pas.

Enfin, il décrocha son téléphone pour demander à l'infirmier de garde de venir me récupérer pour m'emmener au dernier étage abritant le service où je serais interné pour une durée indéterminée.

Le service s'étalait sur tout le niveau. Il comprenait, outre un bon nombre de chambres, deux salles de douches et deux espaces WC qui se répartissaient à chaque extrémité du couloir. Il y avait aussi deux ou trois bureaux, un grand réfectoire qui faisait aussi office de salle de jeux avec un espace salon et son inévitable télévision. L'infirmerie jouxtait une chambre spacieuse équipée de toutes les commodités : c'était là que dormaient les deux infirmiers internes de gardes qui avaient pour mission de veiller sur nous jour et nuit et de rendre notre séjour le moins ennuyeux possible.

— Vous serez seul dans une chambre, elle ne sera prête qu'après le dîner. Allez donc vous distraire au réfectoire, vous ferez la connaissance de quelques camarades.

Machinalement, je m'exécutai. Je m'installai dans un fauteuil en face de la télévision. Je ne fis attention à personne et encore moins au programme qui défilait sur le petit écran. Je fus tout aussi absent à l'heure du dîner, et à l'exception des médicaments, je n'avalai pas grand-chose.

Lorsque j'étais illuminé

La journée était sur le point de s'achever. Christian me communiqua les horaires des repas tout en me conduisant vers ma chambre qui se situait à l'autre bout du couloir.

À la seconde où il me fit entrer dans la pièce, un basculement se produisit dans ma tête et dans mon cœur, suivi d'un immense soulagement. Je m'imaginais entrant dans une chambre d'hôtel et tandis que l'infirmier s'en allait, je refermai la porte sur ce qui n'était plus qu'un mauvais cauchemar. La folie s'était dissoute d'une manière incroyable et inattendue. Envolés les délires et les angoisses, j'étais guéri.

Je respirais.

Je commençais à me sentir de nouveau en appétit pour la vie. Je me saisis de mon sac de sport pour y extraire le chocolat, les gâteaux et les bretzels que m'avait apportés ma mère avant mon départ.

Je mangeai goulûment. La seule douleur que je ressentis à ce moment-là, fut celle exprimée par mon estomac.

À peine rassasié, je pris ma carte téléphonique et me précipita hors de la chambre...

Nous étions plusieurs à faire la queue devant l'unique cabine téléphonique qui se dressait sur la place.

Après vingt minutes d'attente, mon tour arriva enfin.

Je composai à la hâte le numéro. Ma mère décrocha. Elle comprit immédiatement au son de ma voix que j'avais recouvré la santé.

« Daniel ! C'est toi ! » avait-elle crié comme si elle ne m'avait pas entendu depuis des années. Elle avait du mal à croire à cette miraculeuse guérison. Elle en fut pourtant le premier témoin. Je lui racontai comment ce changement était survenu. Elle se méfia, elle n'osa pas crier victoire, pas tout de suite, une rechute n'était pas à exclure. Elle m'ordonna de bien me reposer et elle m'encouragea à poursuivre mon traitement. Elle me rassura en m'expliquant que j'avais peut-être été simplement victime d'une très grosse fatigue. Elle ajouta que tout allait à nouveau rentrer dans l'ordre, que toute la famille pensait à moi. Avant de raccrocher, elle me pria de la rappeler le plus tôt possible, le lendemain.

Tandis que je rejoignais ma chambre, je croisai Christian dans l'escalier. Il me demanda si j'allais bien. Je lui répondis par l'affirmative en lui annonçant que j'étais guéri et que je souhaitais regagner rapidement mon poste à l'armée pour y terminer mon service militaire.

Il ne me restait plus que quelques jours à effectuer avant d'être libéré.

— Il est tard, nous en reparlerons demain, me répondit-il.

Pour la première fois depuis pratiquement une semaine, je me couchai dans la joie et l'espoir de jours meilleurs. D'humbles préoccupations, d'innombrables projets, fleurirent dans ma tête et dans mon cœur. Je pourrais à nouveau apprécier les nourritures terrestres, voyager, écouter de la musique, dessiner. J'écrirais un roman. Je travaillerais pour gagner mon indépendance. Mais par-dessus tout, j'aurais un tas d'amis, une femme et des enfants.

Cette nuit-là, de nombreuses images de bonheur défilèrent sur le plafond de la chambre.

Lorsque j'étais illuminé

Je repensai à Christina. J'entretenais une correspondance écrite avec cette jeune femme depuis plus de trois semaines. Je ne la connaissais qu'à travers des lettres et une photo d'identité. Christina avait répondu à une de mes petites annonces de la rubrique rencontre d'un journal gratuit. Depuis plusieurs mois – malgré ma soif de spiritualité – je recherchais aussi l'âme sœur. Dans ma dernière missive, je lui avais fait part de ma quête ; de la « Lumière » que j'étais sur le point de découvrir. Peut-être aurions-nous un jour l'occasion de nous rencontrer ? Je l'espérais.

Je rêvais d'amour.

Je respirai pleinement. Une douce fièvre gagna chaque centimètre carré de ma peau.

Je glissai mes doigts sous mon tee-shirt. Je me caressai machinalement le torse. Je poursuivis mes attouchements en me déshabillant entièrement sous les draps. Mon sexe se dressa. Je le pris dans ma main, entamant de lents va-et-vient en espérant ne pas être dérangé. Sous l'excitation je repoussai avec mes pieds drap et couverture pour découvrir ma nudité, oubliant que j'étais à l'hôpital. J'accélérai le mouvement du poignet, me masturbant avec frénésie. Mon plaisir grandit progressivement jusqu'à atteindre le seuil de non-retour.

Lors d'une intense jouissance, mon sperme gicla par longues saccades chaudes et crémeuses sur mon ventre.

Demain, j'écrirai à Christina, pensai-je.

Soulagé, je m'endormis profondément...

- 8 -

Le lendemain matin, je me réveillai avec la tête lourde. L'univers tout entier semblait s'emballer précipitamment autour de moi, tel un véritable trou noir.

Des angoisses et de vertigineuses pensées m'accablèrent à nouveau. Je souffrais.

L'instant de bonheur, le voyage éphémère de la veille vers les rivages de la réalité humaine, n'avait été qu'une infime parenthèse, un souvenir déjà lointain, un mirage au milieu de l'enfer, une escapade sur terre qui ne se reproduirait pas de sitôt.

L'infirmier frappa à la porte et me demanda, depuis l'entrebâillement, de me préparer afin que je puisse me rendre au réfectoire pour le petit-déjeuner.

Je m'habillai au ralenti ; mes pensées, qui tourbillonnaient toujours plus vite, mobilisaient toute mon énergie.

L'infirmier revint une seconde fois pour réitérer, cette fois sur un ton plus soutenu, son invitation :

— Je vous avais communiqué les horaires des repas, hier soir, je vous saurais gré de bien vouloir les respecter ! lança-t-il avant de me forcer à le suivre.

Lorsque j'étais illuminé

Je n'avais pas faim. J'avais oublié que petit déjeuner rimait aussi avec prise de médicaments.

En buvant mon chocolat, la voix de ma mère résonna dans ma tête : « *Appelle-moi le plus tôt possible demain* ». Pourtant, je n'avais ni la force, ni le courage de lui parler.

Je reposai la tasse et regagnai ma chambre le corps et l'esprit accablés par l'anxiété.

En refermant la porte sur un monde que je fuyais, je fus saisi soudain par un puissant sentiment d'enfermement. Une force invisible comprimait ma cage thoracique. J'étouffais. Le corps lourd, comme écrasé sous la pression d'une atmosphère anormalement dense, je ressortis de la pièce pour entamer de longs et pénibles allers et venues sur une petite portion du couloir.

Chacun de mes pas devenait de plus en plus difficile à accomplir, l'air semblait s'opposer à ma progression, comme l'aurait fait une boue argileuse m'immergeant jusqu'au cou. Je traînais difficilement une jambe, puis l'autre, effectuant une pause entre chaque mouvement afin de reprendre mon souffle. Je courbais l'échine pour chercher la force qui me permettrait de poursuivre mon cheminement. À l'autre bout du couloir, l'infirmier m'interpella en me questionnant sur la cause de ma mauvaise démarche. Je lui tournai le dos sans daigner le regarder. *Qu'aurais-je bien pu lui répondre ?* Je me traînai vers ma chambre où je poursuivis, à l'abri des regards, mon curieux manège.

Il me fallut beaucoup de temps pour accomplir le trajet de la porte jusqu'à la fenêtre, puis de la fenêtre jusqu'à la porte. Mon dos se pliait inexorablement. Au fur et à mesure que les secondes s'égrainaient, je m'enfonçais dans le néant.

D'un seul coup, tout mon être se figea, telle une statue de pierre. Mes pieds restèrent cloués sur place, mon dos se courba. Puis, une force invisible acheva de m'écraser sur le sol, m'obligeant à ramper péniblement, centimètre après centimètres, jusqu'au radiateur fixé sous la fenêtre. J'espérais pouvoir m'y agripper pour me relever. Tapi par terre, le corps crispé, je réussis à maintenir un bras en

Lorsque j'étais illuminé

l'air. Je m'efforçai, avec toute ma volonté, de me hisser vers le haut en tirant sur le radiateur. Plus je déployais de l'énergie pour me décoller du sol, plus le poids qui m'y maintenait augmentait. J'étais victime d'un mal, un mal qui cherchait à m'anéantir, c'était comme si le diable s'était emparé de mon être.

Je crus que j'allais mourir lorsque je compris que quelque chose en moi était à l'origine de ce mal. Cette chose, qui s'opposait à ma conscience, prenait racine au plus profond de mon âme et demeurait en contradiction totale avec mon esprit et mon corps. Le combat que se livraient mon subconscient et ma conscience était très probablement responsable de ce phénomène.

À l'issue d'interminables minutes de conflits, je réussis à m'accrocher au radiateur. À cet instant, deux hommes entrèrent précipitamment dans la pièce.

Je reconnus le psychiatre aux cheveux roux, mais je ne vis pas le visage de celui qui lui avait emboîté le pas.

Tout alla très vite, les images se bousculèrent dans mon esprit. Le docteur me fit une piqûre dans le bras après que l'infirmier m'eût arraché du sol. Enfin, ils me déshabillèrent hâtivement sans même s'étonner ni se plaindre de mon extrême rigidité, et m'enfilèrent un pyjama fournit par l'hôpital.

Avant de me laisser seul, ils m'allongèrent sur le lit en prenant soin de me couvrir.

Soulagé, je me laissai porter dans les bras de Morphée, qui m'emmena, comme par miracle, au-delà de mes souffrances.

Je ne rêvais pas, je n'étais nulle part.

À plusieurs reprises, la lumière du jour me ramena vers une semi conscience, mais à chaque fois j'évitai d'ouvrir les paupières, pressentant que cela raviverait les angoisses. Je me retournais et disparaissais encore un peu plus sous les couvertures.

D'autres fois, une voix me demanda si je n'avais pas faim, je ne répondis pas, je gémis. Je ne voulais pas être dérangé, mais seulement séjourner, seul, à jamais, dans un état de sommeil proche de la mort. Il n'y avait que de cette façon que je pouvais rester en paix.

L'endormissement m'empêchait de cogiter : la pensée semblait être le terreau de mes angoisses.

Seulement, ce repli radical finirait bien par prendre fin.

Il y eut un moment où je ne réussis plus à me rendormir, malgré l'obscurité qui commençait à poindre. Heureusement, en cette fin de journée, je sentis un affaiblissement significatif de mes douleurs, ce qui me laissa envisager la possibilité de quitter mon lit. Pour autant, je ne m'exécutai pas.

Comme s'il lisait dans mes pensées, Christian entra dans ma chambre et m'encouragea, sur un ton énergique, à me lever.

— Je vois que vous êtes réveillé, il faudrait que vous quittiez votre lit, vous devriez essayer de manger un peu, c'est l'heure du repas.

J'obéis.

— Prenez votre temps, je vous attends au réfectoire. Demain matin, nous vous installerons dans une autre chambre. Nous pourrons, de la sorte, mieux veiller sur vous. Vous la partagerez avec un autre patient qui doit arriver très prochainement.

Lorsque je pris ma fourchette, mes mains se mirent à trembler. Je décidai alors de manger la salade verte avec les doigts. Je me dis que Dieu nous avait donné des mains pour cela, mais en réalité ce n'était qu'un prétexte pour nier mes tremblements et faciliter le transport des aliments vers ma bouche. Je mangeais comme un animal, l'huile de l'assaisonnement coulait le long de mes poignets. J'eus le sentiment de régresser inéluctablement.

Je ne portais aucune attention aux jeunes avec qui je partageais le repas. Je ne vivais pas dans la même réalité qu'eux, c'était comme si je les entendais parler alors qu'ils se seraient trouvés dans une autre pièce. Ils ne semblaient pas non plus faire attention à moi, ni à ma façon atypique de me nourrir.

J'étais invisible à leurs yeux, inexistant, mais cela me laissait entièrement indifférent.

En les écoutant converser, j'appris qu'ils étaient tous originaires d'horizons géographiques et sociaux divers. Ils avaient, pour la majorité d'entre eux, interrompu dans l'urgence leur séjour sous les drapeaux qu'ils avaient, contrairement à moi, à peine entamé.

Parmi eux, un petit groupe de trois ou quatre comparses animait les repas en chahutant, vociférant, rigolant à propos de blagues de mauvais goût ayant trait à la sexualité. À maintes reprises, l'infirmier dut les rappeler à l'ordre.

Après avoir avalé ma salade, j'abrégeai mon repas en quittant la table.

— Vous n'avez plus faim ? me questionna l'infirmier.

— Non.

Lorsque j'étais illuminé

— Exceptionnellement, je vous autorise à sortir de table, je vous demanderais juste de passer voir mon collègue tout à l'heure.

Philippe me proposa de m'asseoir sur un tabouret à ses côtés et en face d'un petit bureau en bois encombré de livres, dossiers, et autres paperasseries.

— Comment vous sentez-vous ? Vous nous avez fait peur l'autre jour.

— Ça va...

— Votre maman nous a passé un coup de fil avant-hier, elle s'inquiétait de ne pas avoir de vos nouvelles. Elle souhaitait vous rendre visite ce week-end avec votre père, votre plus jeune frère et un de vos amis, mais nous leur avons demandé de ne pas venir car nous estimons que votre état de santé ne le permettra pas. J'ai toutefois rassuré votre maman en lui disant qu'ils auraient l'occasion de vous revoir lors d'une permission que nous programmerons pour le week-end prochain. Si tout va bien pour vous, bien sûr, ce dont je ne doute pas. Qu'en pensez-vous ?

— ...

Je n'en pensais pas grand-chose.

Puis, Philippe insista pour que je téléphone à ma mère dans son bureau.

À peine m'étais-je annoncé que je l'entendis sangloter à l'autre bout du combiné.

— Mais Daniel, que t'est-il arrivé ? Tu semblais pourtant aller mieux l'autre soir ! Tu t'en souviens ? Tu étais si enthousiaste...

— Je ne sais pas... j'ai rechuté...

— Mais comment diable est-ce possible ?

Lorsque j'étais illuminé

— Je me rappelle seulement que, ce soir-là, l'infirmier m'avait conduit jusqu'à ma chambre, et que celle-ci m'avait évoqué une chambre d'hôtel...

— Je ne comprends pas, tu as toujours été en parfaite santé. Pourquoi t'es-tu torturé l'esprit au point de te rendre malade ?

— Je rêvais d'être parfait...

— Mais voyons ! Personne n'est parfait, tu le sais bien ! Tout cela n'a aucun sens.

— Je ne voulais pas être comme tout le monde...

- 9 -

Une interminable semaine s'achevait. Isolé dans mon monde, j'avais consacré la majeure partie de mes journées à tourner en rond. J'avais refusé par profond désintérêt – excepté une ou deux séances d'ergothérapie pour lesquelles on m'avait forcé la main – les passe-temps de type jeu de l'oie ou jeu de ballon.

Malgré mon inaptitude à communiquer avec les autres, je fis la connaissance de Mourad, mon compagnon de chambre. Tout comme moi, il passait les premiers temps de son internement à dormir. Il n'abandonnait qu'occasionnellement sa couche pour se rendre, à demi inconscient, aux WC.

Au bout de deux jours, les infirmiers l'exhortèrent à se lever pour le déjeuner et le dîner. Malgré sa présence au réfectoire, il continuait à somnoler. Il arborait les empreintes de l'oreiller sur une bonne moitié du visage, marques qui semblaient ne jamais s'estomper. À chaque fois qu'il avait fini de s'alimenter, il se hâtait pour regagner sa couette. Quelques rares fois, il essayait de retarder son immersion afin de mieux profiter de la nuit qui s'annonçait, disait-il. Je découvris alors qu'il se révélait timide et qu'il manquait de conversation. L'asthénie dont il souffrait l'empêchait de réaliser les tâches usuelles : il ne se rasait pas, ne prenait jamais de douche. Le jour où il projeta enfin de se laver, il le fit très succinctement en s'asseyant sur une chaise en face du lavabo. Là, il se passa un gant de toilette, légèrement imprégné d'eau savonnée, sur le visage et le torse, en soulevant à peine le haut de son pyjama qu'il ne se résigna pas à abandonner. L'opération ne dura pas plus de trois minutes, si j'exclus les vingt minutes qu'il lui avait fallu pour déplacer sa chaise.

Je me familiarisai aussi avec Bertrand, un jeune homme apparemment sain d'esprit qui m'avait élu camarade.

Un jour, je surpris Bertrand dans sa chambre alors qu'il se tenait debout sur une chaise. Les bras en l'air, il sondait les murs et le plafond à la recherche d'éventuels micros que quelqu'un aurait pu, selon lui, dissimuler à son insu. Je compris qu'il était paranoïaque. Il m'avoua qu'il se sentait surveillé et qu'il avait peur de subir des représailles de personnes qu'il nommait « *ils* » ou « *les autres* ».

Étrangement, comme s'il avait la faculté de provoquer les situations qu'il redoutait le plus, il devint le souffre-douleur du petit groupe de chahuteurs.

Bertrand n'avait confiance qu'en moi, bien qu'il crût par moment que j'étais un psychothérapeute espion qui l'étudiait.

Il m'avait confié la raison pour laquelle il avait été interné. Il m'avait parlé de trois camarades de son contingent qui n'avaient eu de cesse de le harceler, allant jusqu'à se masturber devant son armoire dans le but de souiller ses affaires.

Il m'avait raconté l'histoire d'un sergent-chef qui avait pris du plaisir à l'humilier devant les autres en l'insultant, en le giflant, ou en salissant l'honneur de sa mère. Cette dernière avanie l'avait profondément affecté, car il s'était mis à pleurer lorsqu'il m'en avait parlé. Toutes ces bassesses eurent pour conséquence de le faire basculer dans la dépression.

Je doutais de la véracité de ses allégations, mais au fond, peu m'importait.

Lorsque j'étais illuminé

Malgré le temps qui semblait défiler au ralenti, le jeudi, jour de permission, arriva.

Ce matin-là, nous fûmes nombreux à nous préparer à quitter l'hôpital pour un long week-end.

L'infirmier nous distribua nos autorisations de sortie, des billets de trains, et plusieurs tablettes de médicaments avec leurs posologies que nous devions continuer à prendre durant notre séjour chez nous.

Mourad et Bertrand ne firent pas partie du voyage ; le psychiatre avait dû juger qu'ils n'étaient pas aptes à quitter l'hôpital cette fois, d'autant qu'ils habitaient très loin.

J'appris que Mourad était originaire de Trappes dans la région parisienne et Bertrand de Douai dans le Nord.

Je n'étais pas moins sûr de posséder toutes les capacités qui me permettraient de rentrer chez moi. Au moment de partir, je me rendis compte qu'il me fallait suivre les autres permissionnaires pour ne pas m'égarer en chemin. *L'équipe soignante me faisait une confiance à laquelle je ne m'étais pas préparé.*

J'essayais de ne pas perdre de vue un petit groupe de jeunes, dont je reconnus l'un ou l'autre comme étant les pensionnaires de l'hôpital. Ils me conduisaient, à leur insu, vers l'arrêt de bus.

Ces jeunes-là étaient les moins rapides, les autres permissionnaires se trouvaient déjà loin. Malgré cela, à cause de mes forces physiques et mentales engourdies et de mon allure languissante, je les perdis de vue à maintes reprises.

Par chance, je les rejoignis à la station au moment où le bus arriva. Dans un ultime élan de lucidité, je m'assurai auprès du chauffeur qu'il allait bien nous conduire jusqu'à la gare centrale.

Lorsque j'étais illuminé

Bus, quai de gare, train, et à nouveau le bus... Toute cette expédition m'avait demandé d'intenses efforts, des efforts qui me permirent de rentrer à la maison sans trop m'égarer dans mes pensées, sans me perdre en chemin.

- 10 -

Je végétai le week-end durant dans ma chambre, assis à mon bureau, regardant le mur, fixant le vide.

En entendant discuter mes parents, j'appris que ma mère avait réussi à glaner des informations concernant ma maladie. Leur manque de discrétion me fit supposer qu'ils ne cherchaient pas à me dissimuler la vérité. Ma mère travaillait chez notre médecin de famille, ce qui lui permit d'avoir accès à mon dossier médical. Elle rapporta que, selon le diagnostic des spécialistes, je souffrais d'une maladie psychiatrique. Les différents rapports n'excluaient pas une forme de schizophrénie dont seule l'évolution dans la durée permettrait de dire s'il s'agissait d'une psychose ou d'une dépression passagère. Les médecins précisaient que j'étais en proie à des bouffées délirantes d'ordre mystique.

Mes frères furent consternés par ma froideur, par mon repli sur moi-même et mon manque d'implication dans les activités quotidiennes. Rien ne me touchait : je n'exprimais, ni ne ressentais, aucune émotion. J'avais oublié ce qu'était le plaisir, je n'avais plus goût à rien.

Ma mère était apparemment la seule à comprendre que la vraie raison de ma désaffection envers la vie était causée par la maladie.

Elle tentait, malgré mon opposition, de m'éveiller à la réalité, de m'extraire de mon mutisme. Elle profitait à cet égard des petits moments où je prenais les médicaments pour maintenir un minimum le contact, prétextant qu'elle vérifiait l'exactitude des posologies.

Ce samedi soir là, je l'entendis par hasard, alors qu'elle confiait à mon père sa hantise à croiser mon regard. Elle lui parlait du malaise que je lui inspirais.

— J'ai peur, j'ai l'impression de ne plus avoir à faire à mon fils, mais à un inconnu. Et s'il devenait imprévisible ? La folie et les angoisses pourraient l'amener à commettre l'inévitable.

— Ne t'inquiète pas, rien de tout cela n'est advenu jusqu'à présent, il n'y a aucune raison pour que cela change.

Elle poursuivit en disant qu'elle se sentait déstabilisée à chaque fois que je posais mes yeux exorbités et sans lueurs sur elle. Elle compara mes prunelles à des fenêtres ouvertes sur l'abîme. Elle se demandait si je ne souhaitais pas, quelquefois, l'attirer dans la froideur de mon univers...

- 11 -

Mourad traîna bruyamment sa chaise jusqu'au lavabo, les quatre pieds crissant sur le lino. Il percuta mon lit, puis son armoire : il souhaitait se raser.

Je ne me laissai pas perturber par ce soudain fracas. Je siégeais, immobile, à l'unique table, près de la fenêtre, devant une feuille blanche, un crayon de papier entre les doigts.

Après un temps d'égarement, j'entrepris, pour ne pas sombrer dans un désœuvrement psychique, de dessiner un arbre. En guise de modèle, je m'inspirai du marronnier qui se dressait sur la place.

— Ha ! Zut, zut et rezut, j'ai oublié la mousse à raser sur mon chevet, se plaignit Mourad alors qu'il venait tout juste de s'asseoir en face du lavabo.

— Je n'arriverai *jamais* à me raser aujourd'hui !

— Reste assis, je vais te la passer, lui répondis-je, tandis qu'il continuait à rouspéter.

Il était beaucoup plus aisé pour moi de me raser, car je possédais un appareil électrique. Je me souvins d'ailleurs l'avoir oublié, le jour de mon arrivée, dans mon grand sac de voyage qui devait rester à la consigne au rez-de-chaussée. Après mes premiers temps d'internement passés à dormir, j'avais demandé à Christian s'il acceptait de m'accompagner pour le récupérer. Il avait refusé, prétextant ne pas vouloir sortir à cause de la pluie qui n'avait cessé de tomber. Je lui avais alors rappelé qu'il n'était pas question de sortir puisque la consigne se situait au rez-de-chaussée de notre bâtiment.*

Gêné de m'avoir pris pour un « demeuré », Christian avait finalement accepté de me conduire jusqu'à mon rasoir.

Alors que je donnais naissance aux dernières branches, une voix se mit à résonner dans ma tête : « *Les fous ont mangé toutes les pommes* », disait-elle.

J'inscrivis cette formule en guise de commentaire au bas de la page, sous le vieux marronnier dépourvu de feuillage, de marrons, et de pommes.

À cet instant, une femme en blouse blanche entra dans la chambre. Je crus me souvenir de l'avoir déjà aperçue la semaine passée. *S'agissait-il d'une infirmière ?* Je ne me rappelais plus.

— Bonjour ! Comment allez-vous aujourd'hui ?

— Vous tombez à pic, j'ai laissé ma serviette-éponge sur mon lit, et j'en ai besoin pour me sécher le visage, lui lança Mourad.

— J'ai du courrier pour vous, coupa la femme en affichant un sourire. Elle nous remit trois enveloppes : une pour Mourad, et deux pour moi, avant de poursuivre :

— Mourad, Daniel, c'est avec plaisir que je vous invite à passer l'après-midi avec nous pour une nouvelle séance d'ergothérapie. Cette fois, je compte sur votre présence Mourad, comme vous le savez, vous aurez la possibilité de peindre ou de vous adonner à la poterie. Cela vous fera le plus grand bien.

Mourad marmonna quelques mots incompréhensibles dans la serviette qu'il venait de saisir.

Lorsque j'étais illuminé

— C'est bien, je vois que vous dessinez Daniel ! « *Les fous ont mangé toutes les pommes.* »

— Que signifie cette phrase ? me demanda celle qui devait être l'ergothérapeute.

— D'après vous ?

— Je ne sais pas, je vous le demande.

— Je ne souhaite pas répondre, je ne voudrais pas vous influencer avec mon interprétation. Méditez, et vous saisirez une explication qui sera la vôtre.

— ...

— Je compte sur vous pour cet après-midi, conclut la femme en s'éclipsant.

Deux lettres en même temps, étrange coïncidence, après plusieurs jours sans nouvelles de personne.

C'étaient Christina et mon ami Marc qui m'écrivaient. Je décachetai la première enveloppe.

Cher Daniel,

Je fus très surprise en lisant ta dernière lettre. Tu me parles d'« illumination » d'un nouveau système de pensée que tu aurais découvert...

Je t'avoue franchement que je n'y ai rien compris. La seule chose que j'ai saisie c'est que tu as été interné dans un hôpital psychiatrique.

N'hésite pas à m'écrire si tu as besoin de parler à quelqu'un.

Lorsque j'étais illuminé

Je t'embrasse.

Christina.

Cette lettre marqua la fin de notre correspondance.

Cher Daniel,

Je viens de recevoir une lettre de ton père, qui m'annonce que tu es hospitalisé. Je suis de tout cœur avec toi dans cette difficile épreuve. Si le service militaire reste un mauvais souvenir pour moi, je suis heureux qu'il m'ait permis de te rencontrer. Ton père m'écrit que ton état de santé s'améliore de jour en jour, je pense qu'avec un peu de temps tout rentrera à nouveau dans l'ordre.

Je te souhaite un prompt rétablissement.

Amicalement.

Marc.

Pour Marc, le service militaire s'était achevé environ un mois avant mon « illumination ». Son départ creusa un vide. Je m'étais retrouvé privé du confident, du partenaire qui m'avait retenu chaque fois que je m'étais apprêté à franchir la frontière de l' « irrationalité ». Plus d'une fois, il m'avait permis de garder les pieds sur terre alors que j'avais tenté de l'emmener, lors de nos discutions métaphysiques, au-delà des limites du raisonnement.

- *12* -

Dans un premier temps, je traçai légèrement le contour du visage, puis j'esquissai sommairement un chapeau de paille, des yeux cernés, un nez droit, une bouche fine sur laquelle dansait une moustache. Enfin, je terminai le portrait en ajoutant une barbe.

Je passai le reste de l'après-midi à donner de la couleur à ma création ; j'utilisai des teintes vives dominées par le jaune.

Je disposai de petites touches de gouaches les unes à côté des autres séparées par de minuscules interstices à peine visibles ; ce vide évitait aux différentes couleurs de se mélanger.

On aurait dit un autoportrait de Van Gogh peint à la manière de Seurat ou de Signac.

L'ergothérapeute fut sous le charme de mon dessin. Elle le subtilisera avant la fin de la séance. La composition lui rappelait la technique picturale des peintres impressionnistes du dix-neuvième siècle qu'elle disait apprécier. Plus tard, je la surpris lorsqu'elle confia à sa collègue que derrière chaque malade mental se cache un artiste qui ne demande qu'à se révéler.

Lorsque j'étais illuminé

En effet, ce n'était pas un hasard si j'imitais, ou représentais un homme qui ressemblait à Van Gogh ; lui aussi avait séjourné à plusieurs reprises dans un hôpital psychiatrique.

Je ne savais pas exactement à partir de quel moment je m'étais rendu compte de ma folie ; cette idée m'était apparue peu à peu. La première fois que j'avais employé le mot « fou », c'était en présence de Bertrand tandis que nous marchions dans le parc de l'hôpital. Bertrand m'avait questionné sur la raison de mon internement. J'avais baissé la tête pour regarder les feuilles mortes que nous foulions doucement, et après un court instant de silence, je lui avais répondu que j'étais fou.

Je fus si intensément concentré lors de cet exercice artistique – chaque tache de couleur méritait une attention toute particulière – qu'à la fin de la journée, je ne savais plus où j'étais. Tantôt je me croyais au lycée, tantôt à l'armée, et lorsque enfin je réalisai quel était le véritable endroit qui m'abritait, je fus pris de panique.

L'intensité de mes égarements me fit peur.

Ma mémoire se désagrégeait, sans que je ne puisse m'y opposer.

Je me remémorai alors la fois où Bertrand m'avait entraîné dans une salle de jeu située au rez-de-chaussée pour jouer au ping-pong. J'avais cru pendant un long moment que c'était la première fois que nous nous amusions à échanger des balles. Mais au détour d'une conversation, Bertrand me rappela qu'il m'avait déjà appris à faire les services la veille.

J'aurais complètement oublié ce moment passé en sa compagnie, si les propos de mon partenaire de jeu n'avaient pas ravivé ma mémoire.

Plusieurs heures d'une journée s'effacèrent ainsi de mon esprit, comme les souvenirs de rêves qui se volatilisent au réveil.

- 13 -

Il prit son stylo et commença à écrire.

— Vous avez raison de penser que le monde qui nous entoure est réel, mais ce que vous croyez être vrai ne l'est pas. Celui qui croit que la réalité est une illusion a raison de le penser, mais ça non plus ce n'est pas la Vérité. Vous avez raison de penser que Dieu existe, mais ce n'est pas la Vérité. Ceux qui croient que Dieu n'existe pas ont raison de le penser, mais ce n'est pas la Vérité.

Le psychiatre aux cheveux roux – je ne me souvenais plus de son nom – rectifiait ses notes à chaque fois que je le lui demandais.

— Veuillez corriger et mettre un grand « V » à « Vérité » s'il vous plaît.

— ...

— Chaque fois que la raison humaine s'exprime, elle dit autant d'aberrations que de choses sensées. Prenez l'exemple du point en géométrie. Le point se définit comme un objet mathématique sans dimension ; comment un objet peut-il n'avoir aucune dimension ? À l'œil nu on observe pourtant une petite marque ronde, au microscope une surface composée d'une multitude d'autres points, d'autres marques, et si l'on regarde encore de plus près on constatera qu'il y a autant de vide entre les points que de points ; en poursuivant l'expérience on finira par ne plus voir que du vide, c'est-à-dire rien.

Ainsi, ceux qui pensent que le point « *Est* » ont raison, mais dans l'absolu ce n'est pas vrai puisqu'à chaque fois que l'on veut se saisir de cette représentation, elle nous échappe. Ceux qui à l'inverse pensent que le point « *n'Est pas* », ont aussi raison, bien que ce ne soit pas l'absolue vérité car le point est un élément fondamental de la géométrie qui nous permet d'appréhender le monde. Un point est tout à la fois : un point, une surface, plusieurs points, rien... c'est à dire tout.

Par-delà les confins de notre galaxie, à quoi ressemble notre planète ? Tout simplement à un point, un point qui disparaîtra si l'on s'éloigne indéfiniment.

C'est pourquoi, si l'univers contient toutes les choses, toutes les choses contiennent tout l'univers. La « Vérité » contient toutes les vérités et leurs contraires.

Dieu existe, et Dieu n'existe pas, il est partout, dans les églises, les temples, les synagogues, mais aussi dans la terre, le vent, un crayon, un tapis, dans le cœur de chaque individu... Il est partout et nulle part : dans le vide, le néant, hors du temps : là où il n'est plus. Dieu *Est* et *n'Est pas*.

— ...

— C'est l' « Unité » qui relie le visible et l'invisible. N'oubliez pas les guillemets et un « U » majuscule à unité.

Le silence remplaça le son de ma voix.

— ...

— Nous allons nous arrêter là ! trancha le psychiatre.

— ...

Lorsque j'étais illuminé

Tranquillement, l'homme me reconduisit au dernier étage avant de disparaître lentement au fond du couloir. Il avait l'air hébété, comme s'il venait de recevoir un grand coup de matraque sur la tête.

En entrant dans ma chambre, je découvris Mourad recroquevillé au pied de son lit.

— Que t'arrive-t-il ? m'inquiétai-je.

— J'ai mal aux tripes...

— C'est normal.

— Normal d'avoir mal !

— Oui ! Ce sont les effets indésirables provoqués par les médicaments que l'on ingère. Christian me donne des laxatifs pour surmonter la constipation...

— Ils sont fous de nous administrer de tels médicaments, grinça Mourad le visage crispé.

— Que faites-vous cet après-midi ? lança Bertrand qui m'avait suivi.

— Un jogging dans le parc ! Ça vous dit ? me surpris-je à répondre.

— Moi je crois que je vais piquer un roupillon, grommela Mourad.

— Viens donc avec nous ! Un peu d'exercice ne pourra qu'améliorer ton transit.

Lorsque j'étais illuminé

— Je déteste le sport ! Ce n'est pas aujourd'hui que je vais m'y mettre !

Plus tard, dans l'après-midi, Bertrand m'avait rappelé mes bonnes intentions...

J'enfilai mon survêtement et mes baskets, avant de rejoindre mon ami dans le hall principal pour partir, à petites foulées, à travers les sentiers du parc.

Les difficultés se firent sentir dès les premiers mètres. Nous fûmes rapidement essoufflés. Bertrand se plaignit d'un point de côté, et moi d'une immense fatigue. Mes jambes trop maigres n'avaient plus la force de me porter.

Après à peine cinq minutes d'effort, nous décidâmes, d'un commun accord, de cesser de courir. Nous marchâmes lentement en revenant sur nos pas.

Bertrand prit la parole :

— Daniel ! Tu m'avais raconté l'autre jour que tu étais devenu fou parce que tu avais rencontré Dieu...

— C'est étrange ! Je ne me souviens pas avoir dit cela...

— Ça ne fait rien, tu n'es pas obligé d'en parler...

— Dieu ne se définit pas, il est le créateur et l'objet de sa propre création. Si tu veux connaître Dieu, connais-toi toi-même.

— Tu veux dire que Dieu est en moi ? Ou que nous sommes Dieu ? Quelle drôle d'idée !

— ...

Lorsque j'étais illuminé

— Quel est le but de la vie ?

— La vie n'a aucun but, la vie n'a pas de fin, pas plus qu'elle n'a un début. Il n'y a que des expériences, encore et encore. Le plus important n'est pas d'arriver quelque part, d'ailleurs il n'y a nulle part où arriver, le plus important c'est d'avancer. Chaque pas est une victoire en soi, la victoire de la vie.

— Tes paroles sont sensées, pourquoi crois-tu que tu es fou ?

— Quelque chose en moi souffre d'être confronté à la «Vérité»

— Dieu punit-il ?

— Non.

— Qui t'a puni alors ?

— Moi.

— Si je reprends ce que tu disais à l'instant, c'est Dieu qui t'a puni ! Puisque, d'après toi, nous sommes Dieu.

— Je ne sais pas... Peut-être qu'une partie de moi a puni une autre partie de moi. Une partie qui n'était pas prête à recevoir la «Lumière». Il n'est pas aisé de voir l' «Unité» partout, d'autant que cela se produit au détriment de la pensée.

— Qu'arrive-t-il à tes pensées ?

— Elles se dissolvent et se battent pour ne pas disparaître. Les pensées ont peur de mourir. Je suis en proie à des crises d'angoisses terribles chaque fois que je suis conscient de l'unité...

Nous pénétrâmes dans le hall du service psychiatrique. Dans l'escalier, nous croisâmes l'ergothérapeute.

— Vous êtes déjà de retour ? nous lança-t-elle d'un ton moqueur.

Lorsque j'étais illuminé

— Je vais prendre une douche, dis-je à mon ami sans prêter attention à celle qui venait de nous interpeller.

— Le temps de récupérer mes affaires et je te rejoins.

Nous n'étions pas les seuls à nous rendre aux douches, les autres, comme avait l'habitude de les appeler Bertrand, nous avaient précédés. Ils étaient revenus de la place de jeu après une partie de basket-ball avec Christian.

— Je crois que je vais me laver dans ma chambre, me souffla Bertrand lorsqu'il comprit que nous serions en mauvaise compagnie.

Il rebroussa chemin dans la précipitation...

Alors que je commençais à me savonner, le plus turbulent du groupe – celui dont avait le plus peur Bertrand – s'amusait en chahutant d'une douche à l'autre. Il allait et venait dans le plus simple appareil ricanant tantôt avec tel camarade tantôt avec un tel autre. La nudité le rendait joyeux. Il vint vers moi et me demanda :

— Comment t'appelles-tu déjà ?

— Daniel.

— Pourquoi es-tu ici ?

— Parce que je suis fou.

— ...

- 14 -

Un après-midi, alors que je déambulais, comme à l'accoutumée, dans le couloir du service dans l'unique but d'essayer de fuir mes angoisses, je tombai nez à nez sur Marius, un ami du lycée. Il me fit la surprise de me rendre visite.

— Salut Daniel !

— Salut ! Je suis étonné de te rencontrer ici Marius.

— C'est toi qui es surpris ! Je n'aurais pourtant jamais imaginé te revoir dans un hôpital psychiatrique !

— ...

— Ta mère m'a informé que tu étais interné ici lorsque j'ai téléphoné chez toi pour prendre de tes nouvelles. Je ne te demande pas comment tu vas ! Au fait, où est ta chambre ?

— Juste là, dis-je en ouvrant une porte.

En pénétrant dans la pièce, Marius perçut les ronflements de Mourad.

Lorsque j'étais illuminé

— Ne risquons-nous pas de le réveiller ? s'inquiéta-t-il en pointant du doigt le corps dissimulé sous les couvertures.

— Ne t'en fais pas, il n'y a rien qui puisse perturber Mourad lorsqu'il dort.

— Dis donc, tu as perdu beaucoup de poids, tu n'étais déjà pas bien épais avant ; ce n'est pas bon ce qu'ils vous servent ?

— À vrai dire je n'ai pas très bon appétit...

— Je vois.

Marius transportait dans un grand sac en plastique un album contenant les photographies de ses dernières vacances culturelles. Après nous être installés à la petite table, il me proposa de me les montrer.

Au fur et à mesure qu'il me commentait les différentes prises de vues, mes paupières s'alourdissaient inexorablement. Son exposé s'avérait interminable ; il y avait là une bonne centaine de clichés et mon ami passait de longs moments à décrire chacun d'entre eux.

— Et voici la célèbre cathédrale Saint Paul, elle se dresse majestueusement avec son dôme de toute beauté...

— Marius !

— Oui...

— Je suis désolé, je ne vais pas pouvoir t'écouter plus longtemps car je tombe de fatigue. Je ne vais pas tarder à m'endormir. C'est avec joie que je regarderai tes photos une autre fois, mais tu me ferais le plus grand plaisir si tu me laissais maintenant.

— C'est incroyable ! Les médecins doivent vous gaver de médicaments, vous avez l'air vraiment drogués ! s'exclama-t-il dépité.

— ...

Lorsque j'étais illuminé

— Au fait, tu rentres chez toi les week-ends ?

— Oui, mais seulement une semaine sur deux.

Marius rangea son album avec un air déçu. Lorsqu'il me salua, je gisais déjà à demi-endormi sur mon lit.

- 15 -

Une longue et ennuyeuse fin de semaine s'achevait dans un climat de grisaille et de solitude. Bon nombre de pensionnaires étaient partis en permission dès le jeudi en fin d'après-midi.

Bertrand avait obtenu, pour la première fois de son hospitalisation, l'autorisation de passer son week-end en famille. Il s'était rendu chez sa tante qui n'habitait pas très loin.

Christian avait insisté auprès des rares malades présents, de Mourad et de moi-même, pour que nous jouions aux échecs, aux dames et autres jeux de dés, car la pluie incessante avait empêché les activités à l'extérieur. Mourad et moi avions participé, à contre cœur, à quelques rares parties d'échecs. Le reste du temps, j'avais erré, tel un fantôme, dans les couloirs du service. Mes angoisses avaient été plus que jamais tenaces.

Je ressentais continuellement une désagréable brûlure dans la poitrine. J'allais de plus en plus fréquemment remplir mon gobelet à la petite fontaine située au fond du réfectoire. L'eau fraîche paraissait apaiser, durant quelques trop courtes secondes, la douleur.

Et puis, le lundi matin, après le petit-déjeuner, alors que nous étions à nouveau tous réunis, le psychiatre nous appela, à tour de rôle, pour les habituels entretiens...

— Comment allez-vous aujourd'hui ?

Je ne répondis pas.

— J'ai une bonne nouvelle ! Nous allons entamer une procédure de réforme à votre encontre. Vous allez pouvoir rentrer définitivement chez vous, dans une dizaine de jours.

Cette information, plutôt que de me soulager, alimenta davantage mes angoisses. La fin prochaine de mon hospitalisation ne rimait en rien avec guérison.

— Mais je ne suis pas guéri ! Je souffre !

— De quoi souffrez-vous ?

— De ne plus être ! Je n'ai plus de moi ! J'ai perdu mon moi ! Je n'arrive plus à me projeter dans le monde, dans les autres ! Que vais-je devenir ?

À cet instant, le sentiment d'inexistence et d'isolement devint l'unique réalité. Le psychiatre assis en face du champ de vision n'était qu'une illusion. Pourquoi cela s'évertuait-il à parler ?

— Ne vous en faites pas, il vous reste encore dix jours pour vous remettre. Et puis, une fois chez vos parents, vous continuerez à consulter un psychiatre, vous lui expliquerez tout ce que vous venez de me dire. Je vous promets que dans quelques semaines vous irez mieux, vous pourrez alors envisager de chercher un emploi.

— ...

Lorsque j'étais illuminé

— Veillez à bien poursuivre votre traitement.

Dans mon état de souffrance psychique, l'idée même d'imaginer un avenir me semblait illusoire.

Nous quitterions quasiment tous l'asile avant la fin du mois, ce fut ce que je j'appris en revenant vers mes compagnons d'infortune...

— Je n'y crois pas ! Encore dix jours à rester cloîtré ici, se lamenta Bertrand.

— Ne vous plaignez pas les gars ! Vous au moins vous pouvez passer un week-end sur deux en famille, précisa Mourad.

— C'est vrai que je peux rendre visite à ma tante, mais je suis surtout impatient de retourner définitivement chez moi. J'ai hâte de revoir ma mère et de pratiquer la pêche avec mon père, reprit Bertrand.

Je n'acquiesçai pas.

Vers la fin de la matinée, alors que nous étions encore tous les trois à bavarder de choses et d'autres dans la chambre, nous entendîmes du vacarme qui provenait du couloir, suivi d'une discussion passionnée. La voix grave d'un homme, que nous ne connaissions pas, se détachait très nettement d'une conversation menée par Christian.

— Ça m'a tout l'air d'être une nouvelle admission, affirmai-je.

Bertrand, par curiosité, ouvrit doucement la porte.

— Je vais aller voir, nous lança-t-il d'un ton soucieux.

Après un court instant, il revint complètement affolé :

— Bon sang ! Il s'agit du sergent-chef Hadjar qui m'avait harcelé pendant mon service. Ils viennent de l'installer à côté de ma chambre. C'est une conspiration ! J'en suis sûr ! Ils me veulent du mal !

— Mais non ! Ne t'inquiète pas ! Ce type a un problème d'ordre psychique, c'est l'unique raison pour laquelle il est ici.

Une poignée de secondes plus tard, de la musique militaire, provenant de la chambre du nouveau venu, résonna sur tout l'étage. L'ex sergent-chef Hadjar venait de brancher une radio cassette et avait poussé le volume au maximum. Nous fûmes surpris de l'entendre entonner avec force un chant de la légion étrangère.

« *Nous sommes les hommes des troupes d'assaut,*
Soldats de la vieille Légion
Demain brandissant nos Drapeaux
En vainqueurs nous défilerons
Nous n'avons pas seulement des armes
Mais le diable marche avec nous...
Ha, ha, ha, ha, ha, ha, Car nos aînés de la Légion
Se battant là-bas, nous emboîtons le pas... »

Christian et Philippe avaient dû le rappeler à l'ordre, à maintes reprises, afin qu'il cesse enfin son tapage.

À midi, alors que nous déjeunions, Hadjar resta dans sa chambre en face de son poste qui s'était tu. Il refusait catégoriquement de se joindre à nous.

Lorsque j'étais illuminé

— Nous vous le demandons une dernière fois ! Vous allez passer à table où ça va très mal se terminer ! requirent Christian et Philippe.

— Qui commande ici ? tonna le réfractaire avant de se dresser face aux infirmiers, comme par défi.

Heureusement pour tout le monde, l'ex-sergent-chef consentit finalement à suivre les deux hommes.

Un silence inhabituel planait dans la salle. Nous n'étions pas très rassurés par la présence de ce fou furieux.

— Alors les tapettes, on s'empiffre aux frais de la princesse ? cracha-t-il en découvrant nos mines déconfites.

— Bon, ça suffit maintenant ! Vous allez vous installer et manger en silence ! s'écria Philippe.

— Vous faites tous chier ! aboya le récalcitrant avant de quitter définitivement le réfectoire.

Nous l'entendîmes claquer la porte de sa chambre avec violence. Il ressemblait à un adolescent capricieux en pleine crise conflictuelle avec ses parents.

Il se remit à chanter avec le volume réglé au maximum :

« *Nous les damnés de la terre entière*
Nous les blessés de toutes les guerres
Nous ne pouvons pas oublier
Un malheur, une honte, une femme qu'on adorait.
Nous qu'avons l'sang chaud dans les veines
Cafard en tête, au cœur les peines.
Pour recevoir, donner les gnons, crénom de nom,
Sans peur, en route pour la Légion... »

Nous terminâmes nos assiettes en musique avant de regagner nos chambres.

Lorsque j'étais illuminé

Plus tard, nous croisâmes quatre hommes vêtus de blanc. Il s'agissait d'infirmiers détachés d'un hôpital psychiatrique de haute sécurité. Ils interpellèrent Hadjar. Ils lui enfilèrent une camisole de force et le traînèrent dans l'escalier.

Bertrand put à nouveau respirer. Nous décidâmes, pour nous remettre de nos émotions, de prendre l'air.

Nous marchions lentement sans échanger un seul mot. Néanmoins, Bertrand finit par briser le silence :

— Daniel, parle-moi encore de Dieu.

— Que veux-tu que je te dise ?

— Tu affirmais l'autre jour que Dieu était partout, bien que nous n'en n'ayons pas toujours conscience. Pourquoi est-ce si difficile de nous rendre compte de sa présence ? Pourquoi ne nous parle-t-il pas de manière plus franche et directe ?

— Écoute !

— Je n'entends rien ! Que dois-je écouter ?

— Écoute encore !

— ...

— Tu n'entends pas le chant des oiseaux ?

— Si !

— Tu n'entends pas le bruissement des feuilles mortes sous chacun de nos pas ? Le vent qui s'engouffre dans les branches des arbres ? La rumeur des voitures au loin ? Le frottement de nos vêtements lorsque nous nous déplaçons ? Le souffle de nos respirations ?

— Si ! Mais...

Lorsque j'étais illuminé

— Le chant des oiseaux, le murmure du vent, les rumeurs lointaines que tu entends là, c'est Dieu qui nous parle ! Tu ne l'entends pas car tu es tellement habitué à entendre son chant à longueur de journée que tu n'y fais même plus attention. Ouvre tes yeux, tes oreilles, porte un regard sans cesse neuf sur le monde, ouvre ton cœur et tu pourras écouter Dieu tandis qu'il s'adresse à toi.

Bertrand devait peut-être m'envier, mais il ne savait pas qu'au fond je l'enviais certainement davantage. Lui, au moins, ne souffrait pas aussi ardemment que moi.

J'enviais les êtres comme lui, car pour eux, Dieu était une question alors que pour moi il était devenu une réponse. La vie ne devrait être vécue qu'avec des questions. Le questionnement est source d'évolution, de conquêtes mille fois renouvelées, de bouillonnement : de mouvement. L'ultime réponse engendre l'immobilité, le silence, la mort.

Je me dis alors que celui qui saurait être vraiment heureux, c'était celui qui ferait sans cesse la part des choses entre le savoir et l'ignorance, entre la Mobilité et l'Immobilité.

- 16 -

Notre avant dernière semaine de présence s'acheva. Nous partîmes tous en permission, sauf Mourad qui, comme d'habitude, dut rester à l'hôpital. Bertrand retourna une dernière fois chez sa tante, et moi chez mes parents.

Je vécus une permission semblable à la précédente, à cette seule différence : j'avais essayé d'écouter de la musique.

Malheureusement, cette expérience fut un échec total, je n'avais perçu pour unique mélodie que du bruit.

Dès notre retour, le lundi matin du 16 Novembre, l'équipe psychiatrique nous remit, à un bon nombre d'entre nous, à Mourad, Bertrand et moi, nos autorisations de sorties.

Le jeudi 19 Novembre 1992, après un mois d'internement, nous quittâmes définitivement l'hôpital militaire, après exemptions. Mourad avait plié bagage un jour plus tôt, car il avait été reconduit, à Trappes, en ambulance.

Tout le monde se réjouissait de rentrer. Je fus le seul à rester indifférent puisque je demeurais prisonnier de mon état. J'emporterais avec moi les murs de ma souffrance.

Lorsque j'étais illuminé

Dans le train, je m'étais assis machinalement avec cinq anciens pensionnaires de l'hôpital. Ils rayonnaient tous la joie de vivre, à croire qu'ils n'avaient jamais souffert d'une quelconque affection ; peut-être avaient-ils joué la comédie durant leur temps d'hospitalisation à la seule fin de se faire réformer. Il fallait tout de même être un peu fou pour se comporter comme tel, me dis-je.

Lors du voyage, les cinq acquittés se racontèrent leurs projets. Certains brandirent avec fierté la photo de leur petite amie qu'ils se languissaient de revoir. Bien que je n'eusse jamais eu le moindre échange verbal avec eux durant toute la durée de mon internement, ils essayèrent, non sans peine, de partager avec moi les plaisirs de la liberté retrouvée.

— Tu n'as pas l'air heureux de rentrer chez toi ! s'exclama l'un d'entre eux.

— Non.

— C'est bon, arrête ton cinéma ! C'est parce que tu n'as pas d'amie qui t'attend que tu tires la gueule ! poursuivit un autre.

— Il est jaloux ! Voilà tout, continua un troisième.

— ...

- 17 -

Je n'arriverais jamais à bout de ces horribles crises, je ne guérirais pas. J'avais beaucoup de mal à maîtriser mes pensées. *Je voyais l' «Unité» toujours et encore.*

Je m'étais endormi ...

Je ne me réveillerais plus...

Où étais-je ? Qui étais-je ? Le néant...

Je crus revoir mes frères, ils semblaient m'ignorer. Indifférents à ma douleur, ils poursuivirent leurs occupations comme si de rien n'était. Fuyaient-ils mon regard par peur ? Se lassaient-ils de mon état ?

Je demeurais enfermé, prisonnier de l'instant. Je dépérissais dans une petite chambre d'une tour HLM, au fond d'un appartement situé au quatorzième étage : la chambre de mon enfance. Je n'avais plus d'avenir. Une part de moi était définitivement morte.

J'errais dans la nuit à la recherche de mon ego disparu dans les abîmes par ma seule faute, à cause de mon orgueil. Je m'exprimais à la première personne, mais je pensais à la troisième. Daniel absorbait les médicaments. Daniel allait se coucher à n'importe quelle heure de la journée. Daniel entrait dans la salle de bains pour se laver sans cesse les mains, croyant pouvoir ainsi se débarrasser de son anxiété. Face au miroir, il ne voyait qu'un inconnu, une forme sans âme, une ombre. Mère, père, frères – les amis qu'il avait oubliés – étaient devenus d'insignifiants étrangers, d'autres ombres.

J'avais la bouche sèche, ma mère m'expliqua que cela résultait des effets secondaires liés aux médicaments.

Chaque lundi, ma mère m'accompagnait chez le psychiatre. Nous prenions le bus : nous dûmes bien souvent voyager debout car il était bondé. Un jour, une vieille dame, voyant mon mal-être, me proposa de me céder sa place assise, ma mère accepta pour moi.

Le docteur Clerc nous avait été recommandé par notre médecin de famille. Il était, soi-disant, le meilleur spécialiste de la région. Dès ma première visite, il remplaça l'intégralité de mes médicaments par d'autres plus adaptés, selon lui, à mon atteinte. Mon cocktail tri journalier était toujours à base de neuroleptiques anti-délirants, de neuroleptiques sédatifs et d'un traitement correcteur afin de m'éviter de désagréables effets secondaires comme d'involontaires mouvements touchant la mâchoire, les yeux, la nuque, et les bras – ces symptômes inquiétaient souvent les patients mal informés.

Lorsque j'étais illuminé

Après environ une heure d'une interminable attente, le docteur Clerc réapparut pour la troisième fois entre le chambranle donnant sur son bureau. Pour la troisième fois, il nous fit sursauter à sa manière brusque d'ouvrir la double porte capitonnée. Le geste autoritaire, ajouté à son imposante carrure, contrastait avec la grâce et l'agilité avec laquelle il se mouvait. Il balaya rapidement la salle d'attente d'un regard rempli d'assurance avant de nous désigner de la main.

Ma mère me fit signe de me lever, ce fut enfin notre tour.

Tandis que nous nous apprêtions à nous asseoir en face de son immense bureau en acajou verni, le docteur Clerc claqua violemment les portes derrière nous, brisant une énième fois le silence : il fallait croire qu'il ne s'exprimait que de cette manière, car tout son être semblait incarner le calme et la sérénité. Il marcha lentement sans bruit sur l'épaisse moquette. Le regard bas, et volontairement absent : il nous donna l'impression de fouiller dans ses pensées à la recherche d'un souvenir lointain. Quasiment aucun son ne s'échappa de son large fauteuil en cuir lorsqu'il s'y enfonça. Toujours ce mutisme déconcertant après qu'il m'eût demandé comment j'allais.

Après une dizaine de minutes de silence qui me parurent une éternité et durant lesquelles il fit tourner lentement, entre ses doigts, le bout de son épaisse moustache en nous fixant alternativement ma mère et moi, le docteur Clerc prit enfin la parole pour mettre fin à la consultation :

— Ça fera deux cent quinze francs.

— Je paie avec ma carte bancaire...

— Dans ce cas, il faudra régler auprès de ma secrétaire, dit-il en noircissant la feuille de soin. On se revoit dans une semaine, reprit-il en se levant. Enfin, il planta ses yeux dans les miens et me serra énergiquement la main.

Lorsque j'étais illuminé

Mes parents, désarmés face à ma maladie, allaient envisager tout ce qui aurait pu être utile à ma guérison. Ils comptaient beaucoup sur l'efficacité des médicaments que me prescrivait le docteur Clerc, car leurs dosages me permettaient de me maintenir dans un état proche de la « normalité » ; néanmoins, ils n'étaient pas certains du succès que pourrait engendrer un tel traitement sur le long terme, d'autant plus que le psychiatre n'excluait pas une médication à vie.

Un jour, ma mère me parla de sa collègue de travail, Monique, elle trouvait réconfortant de se confier à elle. Elle me raconta que Monique appartenait à un mouvement chrétien : «les évangélistes». Monique avait promis à ma mère d'avoir une pensée pour toute notre famille, et plus particulièrement pour moi. Elle prierait avec ses amis pour ma guérison. Mon père, très croyant, n'avait rien contre cette démarche, il fallait tout essayer, disait-il.

Rapidement, Monique avait réussi à s'imposer auprès de ma mère. Deux jours après leur dernière conversation à mon sujet, elle débarqua un après-midi avec deux autres adeptes – deux femmes – dans le but de nous venir en aide. Je n'avais aucune envie de les rencontrer. Je réussis à les éviter en passant tout le temps de leur présence dans mon lit à faire semblant de dormir. Je ne pus m'empêcher de les écouter discuter à l'autre bout de l'appartement. Elles priaient pour notre « maison » et «louaient le seigneur ».

Trois jours plus tard, je me forçai à faire un pas vers mes parents, car ils se donnaient de la peine pour me convaincre d'accepter de me faire aider par des gens inspirés. Pour ne pas les décevoir, j'acceptai de rencontrer les évangélistes.

Lorsque j'étais illuminé

La même semaine : un mercredi soir, ma mère me proposa de me rendre, avec sa collègue et elle-même, à une soirée de prières. Monique nous y conduisit en voiture.

L'église était abritée dans un ancien supermarché désaffecté. La foule se pressait aux portes. Des personnes de toutes générations prirent place sur les chaises alignées dans l'immense salle. Nous nous installâmes aux milieux des convives. Des jeunes gens vérifiaient le bon fonctionnement des micros et affinaient les derniers réglages de la sono sur le podium qui se dressait en face de nous.

Trois hommes en costumes cravates grimpèrent sur l'estrade, après avoir discuté avec de nombreuses connaissances.

— Pierre, Jacques et Jean-François sont les pasteurs dont je vous ai parlé, dit fièrement Monique en se penchant vers ma mère.

L'un des trois chefs religieux demanda le silence à l'assistance, puis ils commencèrent à lire et à commenter à tour de rôle la Bible qu'ils semblaient connaître par cœur. Ils martelèrent leurs sermons avec force et conviction. Des haut- parleurs disposés tout autour de nous propageaient leurs messages. Les discours enflammés étaient ponctués de prières et de chants chrétiens pré enregistrés sur de la musique rock. Le public, exalté, reprenait en cœur chaque chanson en frappant dans les mains. Les fidèles dansaient, ou plutôt sautaient étrangement sur place. Cette ambiance entraînante contribuait à nourrir une frénésie toujours plus intense des croyants pour leur Église. Un très grand nombre d'entre eux étaient en transe, d'autres paraissaient touchés par la grâce. Je vis une femme pleurer.

Après plus d'une heure de prédications, un Pasteur scanda le nom de plusieurs personnes de l'assistance en leur demandant de venir le rejoindre sur la scène. Puis, Le bienfaiteur embrassa les adeptes avant de les mener jusqu'à une baignoire située au fond de l'estrade. Là, un jeune homme termina de remplir le bain en actionnant un mitigeur. C'était apparemment un grand jour pour ces élus, car ils s'apprêtaient à recevoir le baptême.

Les sept candidats à la purification furent entièrement immergés dans l'eau : tout habillés – ils portaient des pantalons de jogging et des tee-shirts, et n'avaient enlevé que leur veste et leurs baskets – Lors du rituel, le Pasteur prononça de nouvelles prières.

Familles et amis accueillirent avec joie les nouveaux convertis. Dès que ces derniers furent sortis de l'eau, ils les couvrirent de draps de bains apportés pour l'occasion.

À nouveau, les chants se succédèrent sur un rythme effréné ; la soirée me paraissait interminable.

Vint enfin l'ultime moment, l'instant pour lequel Monique nous avait exhortés à l'accompagner, le dernier acte de la soirée : l'imposition des mains aux malades.

Monique m'entraîna vers la scène. Les pasteurs avaient déjà commencé à lever leurs mains sur les têtes des premiers candidats aux miracles. Je me laissai guider par cette femme que je connaissais à peine depuis quelques heures, ma mère nous suivit. Comme à la caisse d'un supermarché – je ne crus pas si bien dire vu l'origine des lieux – nous faisions la queue en attendant notre tour. Pendant que nous patientions, nous pûmes écouter les histoires extraordinaires d'anciens malades qui témoignaient de leur miraculeuse guérison. Cela me fit à nouveau penser à l'ambiance qui existe dans les supermarchés lorsque, les jours de fête, un animateur est invité, micro en main, à convaincre les consommateurs de l'importance d'acheter tel produit pour sa vertu ou tel autre pour son prix défiant toute concurrence. Nous étions très nombreux à nous presser devant les trois guérisseurs. Certaines personnes jouaient des coudes pour parvenir au plus vite face aux Pasteurs – *peut-être n'y aurait-il pas de miracle pour tout le monde ce soir*.

Lorsque ce fut mon tour, le Pasteur me demanda mon nom, puis il leva lentement ses mains au-dessus de ma tête et au nom de

Lorsque j'étais illuminé

Jésus Christ, en moins de trente secondes, pria pour ma guérison, sans même me connaître.

Dès que nous eûmes quitté la cérémonie, j'attrapai un inexplicable et incontrôlable fou rire qui dura jusqu'à notre retour à la maison. Ce fût un rire de fatigue, un rire nerveux, mais peut-être aussi un rire d'espoir : le lendemain matin, je me réveillerais peut-être lavé de cette terrible maladie. Monique aurait pu se vexer de ma soudaine hilarité, car je la gênais pendant qu'elle se concentrait sur la route, de plus, je l'empêchais de parler dans le calme alors qu'elle s'enthousiasmait à commenter la soirée. Pourtant, Monique ne m'en tint pas rigueur, elle se contenta d'attribuer mon changement soudain d'humeur aux premiers effets de la puissance divine : ce fut l'explication qu'elle apporta à ma mère. Ma mère l'écoutait passivement, elle paraissait impressionnée par tout ce qu'elle avait vu et entendu, mais elle devait douter de l'efficacité de l'imposition des mains : du moins ce fut l'impression qu'elle me donna. Elle respecta, somme toute, la croyance de sa nouvelle amie et ne chercha à aucun moment à la contredire : elle souhaitait, de toute évidence, ne point la froisser.

Cette nuit-là, en m'endormant, je voulais croire à l'impossible. J'espérais de toutes mes forces un miracle...

- 18 -

L'année s'achevait.

Je passai Noël et la saint Sylvestre alité, à cause d'une bronchite carabinée et d'une forte fièvre qui persista pendant un bon nombre de jours. Je crus alors à une récession de la schizophrénie, car la douleur physique et la fatigue déclenchées par la fébrilité avaient eu raison de la souffrance engendrée par le mental. Tout semblait s'être passé comme je l'avais imaginé le jour où, dans l'ambulance qui m'avait transporté vers l'hôpital militaire, j'avais souhaité subir un grave accident de la route. Cet accident aurait pu avoir pour conséquences de m'infliger d'importants traumatismes corporels, l'intensité de la douleur physique aurait certainement pu faire taire ma souffrance psychique. Ma bronchite paraissait avoir cette vertu : elle étouffait mes angoisses plus efficacement que n'importe lequel des antidépresseurs. Mais, ce phénomène fut de courte durée, car avant même que la fièvre ne fût entièrement tombée, mon anxiété resurgit sur le champ.

Ma mère n'avait pas fait appel à notre médecin de famille habituel pour soigner ma bronchite, mais au docteur Anne-Marie Muller, médecin généraliste. Nous la connaissions par l'entremise de mon père : il s'était rendu deux ou trois fois en consultation chez elle lorsque notre médecin de famille avait été absent. Ma mère s'était volontairement tournée vers elle car, au-delà de ma bronchite, elle souhaitait par-dessus tout obtenir une nouvelle aide pour essayer de me délivrer de ma maladie psychiatrique.

Lorsque j'étais illuminé

Le docteur Muller prit ma psychose très au sérieux, elle me prescrivit une série d'examens dans le but de vérifier si cette maladie n'avait pas une origine physiologique.

Et ce fut ainsi qu'en ce début du mois de janvier, je passai un électrocardiogramme, une radio des poumons, un scanner de la tête et du cou, et que l'on me fit une prise de sang complète avec le test du VIH – Virus de l'Immunodéficience Humaine.

Sans grande surprise, comme je m'y attendais, tous les examens furent négatifs. Mon problème relevait bien de la psychiatrie.

La souffrance, le désespoir, les délires, l'ennui, les repas sans goût, les prises de médicaments, les visites hebdomadaires chez le psychiatre, les longues siestes de la mi-journée et la peur grandissante de me perdre définitivement chaque soir à l'heure de me coucher, continuaient de rythmer ma morne vie. Je porterais toujours en moi cette maladie impalpable, ce démon invisible qui semblait échapper à toutes les observations.

Toutes les consultations chez le docteur Clerc se ressemblaient, j'avais la désagréable impression de revivre sans cesse la même rencontre :

— Comment ça va aujourd'hui ? me demandait-t-il.

— ...

— Qu'avez-vous fait cette semaine ?

— Il ne s'intéresse à rien, docteur, il ne parle même plus à ses frères, il n'a rien à dire, se plaignait quelquefois, avec tristesse, ma mère.

— ...

Après les habituelles minutes de silence, le docteur Clerc s'empressait d'achever les consultations avec invariablement les mêmes mots :

— Vous faut-il des médicaments ? Cela vous fera deux cent quinze francs.

— Je paie avec ma carte bancaire...

— Dans ce cas, il faudra régler auprès de ma secrétaire... On se revoit dans une semaine...

Malgré la banalité des consultations, il m'arrivait d'imaginer que le docteur Clerc possédait la faculté de guérir avec facilité les malades mentaux. La sagesse et l'assurance qui émanaient de sa personnalité, conjugués à sa formation et à son expérience me laissaient croire qu'il était armé pour accomplir ce rôle. Je l'espérais, du moins. Son mutisme devait faire partie de sa stratégie. Mais au bout de quelques séances, je compris qu'il ne m'aiderait pas à me libérer du mal. Je finis par admettre qu'il ne possédait pas la moindre astuce pour me soulager, son silence cachait tout simplement son impuissance : impuissance face au cas désespéré que j'étais. Mon dernier espoir de guérison s'évanouit à jamais. Je me dis alors que s'il n'avait pas les moyens de me ramener vers son monde, il me serait peut-être plus aisé de l'attirer vers le mien ; je m'appuierais pour cela sur l'ouverture d'esprit que son niveau social lui conférait. Je m'imaginais lui démontrant à quel point tout ce que nous croyions réel n'était en fait qu'un immense mirage fabriqué par la pensée, je lui parlerai du temps, qui, en dehors de notre compréhension, était inexistant. Je m'exprimerais à propos de l'énergie et de la matière en lui démontrant que dans l'absolu elles étaient insaisissables. Mais l'unique fois où je tentai une conversation dans ce but, il se ferma, refusant de m'écouter, comme par crainte. Sa réaction était-elle la preuve que j'avais sérieusement la faculté de l'entraîner vers la folie ? Je le pensais. J'abandonnai toutefois ce projet, non pas suite au refus que j'essuyai, mais tout simplement parce que je trouvais inutile de m'exprimer face à un médecin qui n'était que le reflet illusoire de mon imagination. Et puisque j'étais convaincu que chaque individu de ce monde n'était que partiellement réel, je décidai de ne plus parler à qui que ce fût de ma découverte.

Lorsque j'étais illuminé

Un jour, une idée prit racine dans mon esprit, je me dis que si j'arrivais à faire croire au docteur Clerc que mon état psychique s'améliorait, il déciderait, dans le cas où il avait la certitude que j'allais un jour recouvrer la santé, de diminuer le dosage de mon traitement. Si, malgré les progrès que je lui témoignerais, il maintenait la posologie actuelle, cela voudrait dire qu'il ne croyait pas à ma guérison. Je craignais fortement cette dernière hypothèse.

Le temps passait et cette idée ne me quittait pas. Je me réveillais chaque matin avec la ferme intention de remplir utilement mes journées, non moins pour combler le vide dans lequel s'engouffraient immuablement mes angoisses, mais surtout pour simuler – selon mon plan – quelques progrès à la suite d'une guérison déguisée. Malheureusement, je ne parvenais pas à respecter la plus infime de mes résolutions.

Ma mère avait repris son travail. Elle avait mis son activité salariale entre parenthèses depuis mon retour de l'hôpital pour mieux s'occuper de moi, mais sa contribution financière manquait au budget de la famille.

Elle me quittait chaque matin obsédée à l'idée de devoir me laisser seul, livré à moi-même. Mon frère Thomas avait commencé son service militaire à la fin de l'année et tout comme mon frère cadet, il ne rentrait en permission que certains week-ends.

Pour se rassurer un peu, ma mère avait demandé à notre voisine de palier de veiller sur moi, laissant la porte d'entrée déverrouillée afin qu'elle puisse aller et venir librement entre chez elle et chez nous.

Je passais des heures à tourner en rond, je me sentais espionné par une voisine qui me surveillait discrètement : son ombre glissait quelquefois derrière moi alors que je déambulais dans le couloir de l'appartement. J'attendais impatiemment le retour de ma mère. Le temps semblait ne point s'écouler, les journées paraissaient ne jamais finir. Je réfléchissais constamment à la manière dont je pouvais me prendre en charge, mais l'action ne prit jamais le pas sur la pensée et je me recouchais chaque soir, avec le souvenir de journées insipides et l'immense déception de mon impuissance à m'accrocher au temps : à exister.

Puis, un beau jour, je ne sus par quel miracle, je parvins enfin à m'asseoir derrière mon chevalet avec la ferme intention de produire quelque chose.

Je me forçai à lever le bras pour me saisir d'un pinceau. Je m'astreignis à ouvrir les tubes de peintures à l'huile pour garnir ma palette. Je luttai pour trouver la force qui me permît de poser de petites touches de couleur sur la toile. Chaque mouvement était un véritable défi.

Qu'il fût difficile de peindre, qu'il fût difficile de se contraindre de peindre, qu'il fût difficile de faire comme tout le monde, de faire semblant.

Le docteur Clerc me fixa longuement en tirant délicatement sur son épaisse moustache.

— Comment ça va aujourd'hui ? me demanda-t-il.

— ...

— Racontez-moi, monsieur Schmitt, qu'avez-vous fait cette semaine ?

— ...

— Vous n'avez rien à me dire ?

— ...

— Il faut le dire quand vous n'avez rien à dire !

Lorsque j'étais illuminé

Le docteur cherchait-il à me faire rire ? Ou bien se moquait-il de moi ?

— Il s'est remis à peindre docteur, lui glissa discrètement ma mère.

Alors, tu ne t'attendais pas à cela ! songeai-je.

— C'est bien, conclut le docteur Clerc avant de s'emparer d'un petit dictaphone pour y enregistrer un commentaire : « Daniel Schmitt s'est remis à peindre. »

— Non c'est horrible, enfin je veux dire... c'est laid ce qu'il a peint, reprit ma mère.

— Qu'a-t-il peint ?

— C'est indéfinissable docteur, lui répondit-elle.

(Silence)

— Ne vous inquiétez pas, madame, avec le temps il retrouvera toutes les facultés qui lui permettront de s'exprimer correctement.

— Avez-vous encore des médicaments ? ...

- 19 -

Je n'en peux plus de souffrir.

Je souhaitais tant redevenir « comme avant, » retrouver le désir, le plaisir, la joie, la curiosité, même la tristesse et les larmes me manquaient. J'avais beau écouter les airs les plus mélancoliques, m'accrocher aux cris d'angoisse d'un baryton qui m'avait pourtant tellement fait vibrer par le passé, mon cœur restait définitivement insensible.

- 20 -

Je ne supportais plus d'endurer continuellement cette souffrance, même atténuée par les médicaments.

Je ne supportais plus ce vide qu'était devenue ma vie.

Je me concentrai de toutes mes forces pour ouvrir mon cœur et me laisser envahir par une composition musicale des plus tristes tentant ainsi de m'apitoyer sur moi-même. Je souhaitais redevenir l'enfant que j'avais été et me remettre à pleurer de nouveau. J'eus beau monter le son, rembobiner sans cesse la même cassette pour réécouter les passages les plus touchants, mes oreilles ne percevaient pour unique mélodie qu'un bruit sans valeur, dénué de toute beauté.

- 21 -

Je n'en pouvais plus de souffrir. Je faisais des efforts pour tenter de m'arracher à cet enfer. J'avais écouté de la musique, je m'étais remis à peindre, ou plus justement à déplacer un pinceau sur une toile. Je m'étais évertué à retrouver un intérêt aux choses, et malgré toute la volonté que je déployais pour me raccrocher à la vie, ni mes parents ni le docteur Clerc n'y furent sensibles.

Découragé, je finis par cesser de peindre. Je continuais toutefois à me raccrocher à l'idée qu'il fallait que je réalise quelque chose chaque semaine afin de pouvoir justifier auprès du docteur Clerc d'un état de santé qui s'améliorait. S'il devait croire à mon possible rétablissement, il allégerait mon ordonnance, je n'en démordais pas.

Pour arriver à mes fins, j'eus l'idée de reprendre un ancien projet, le rêve de ma vie avant que je ne tombe malade : la réalisation d'une bande dessinée.

Je passais des heures à griffonner sans cesse la même planche, la même case et malgré le temps passé sur ma besogne, je ne produisis quasiment rien. Je n'avais aucune inspiration. Je remettais indéfiniment mon travail en cause, car je me rendais compte de la médiocrité de mes dessins.

J'insistais régulièrement auprès du docteur Clerc afin qu'il revoie à la baisse la prescription de mes médicaments, mais il ne prit aucune décision en ce sens, il ne prit aucun risque, au contraire, il me commanda systématiquement de poursuivre mon traitement.

Sur un coup de tête, je décidai en secret de cesser de prendre mes pilules. Je profitai de la confiance que semblait m'accorder ma mère depuis quelques temps – elle ne m'assistait plus lorsque je prenais mes cachets – cela faciliterait mes agissements.

Le premier jour de mon sevrage se déroula normalement, je ne ressentis aucun changement particulier à mon état psychique. En revanche, au cours du deuxième jour, l'intensité de mes angoisses prit une ampleur considérable. Je me dis, pour me rassurer, que le stress provoqué par la peur d'une rechute en l'absence de principes actifs dans mon corps était en partie responsable de la montée de mon anxiété.

Je dus, à diverses reprises, me forcer à résister à la peur entraînée par des pensées morbides de plus en plus envahissantes.

Lors du dîner, je réussis à dissimuler l'apparition de tremblements. Une poignée de minutes plus tard, je fus saisi d'une crise de panique. Très inquiet, je me précipitai discrètement dans ma chambre pour reprendre mes cachets. Excepté une transpiration excessive déclenchée par ce qui semblait être de la fièvre, et une inhabituelle nervosité que j'arrivai à contrôler, mon état paraissait se stabiliser, ce qui me permit de terminer la soirée devant la télévision, avec ma famille.

Nous regardâmes une émission comique : cela me fit beaucoup rire, mais je savais au fond de moi que la nervosité jouait un rôle capital dans l'apparition de cet exceptionnel moment d'hilarité. Personne ne releva ma soudaine gaîté.

À l'heure de me coucher, les feux de l'anxiété se ravivèrent un peu plus. J'éprouvais beaucoup de difficulté à respirer, l'énergie que je déployais pour contrôler mes angoisses ne me permit pas de souffler.

Je passai une nuit blanche, une nuit de souffrances. J'étouffais, j'avais l'impression d'être enterré vivant. Je croyais ne plus jamais revoir la lumière du jour. Dans ma tête, de monumentales portes en fer se refermèrent, provoquant un vacarme assourdissant semblable à l'explosion d'une puissante bombe. Les portes de l'enfer s'étaient refermées pour toujours sur ma sombre existence réduisant en éclat un crâne qui ne contenait plus qu'une cervelle déconfite. J'étais damné, condamné à errer pour toujours dans un monde sans nom, précipité dans les abîmes d'où je ne reviendrais plus.

La nuit était longue, la nuit était interminable.

À plusieurs reprises, j'avais hésité à réveiller mes parents pour leur demander de l'aide, mais je restai cloîtré dans mon lit, paralysé par le mal, enchaîné par la peur, recouvert de sueur.

La nuit était interminable, à aucun moment je ne réussis à m'endormir. La petite mort que semblait être le sommeil aurait pourtant pu me soulager, au moins pour quelques heures.

La nuit fut interminable...

- 22 -

Le lendemain matin, je trouvai mes parents dans la cuisine, ils entamaient leur petit-déjeuner. Je ne pus leur cacher mon désarroi. D'après leurs propos, mon visage exprimait la fatigue et mon regard la terreur d'un esprit dérangé.

Mes angoisses continuaient de me ronger de l'intérieur ; tout mon corps tremblait. J'avais toujours autant de difficultés à respirer. Je suffoquais.

— J'ai mal ! Aidez-moi ! Je vous en supplie ! J'étouffe !

— Mais que t'arrive-t-il ? Tu étais pourtant de bonne humeur hier soir !

— J'étouffe ! Vite ouvrez la fenêtre !

Mon père s'exécuta, il ouvrit la porte-fenêtre qui donnait sur le balcon.

— Je dois sortir, l'air qui entre n'est pas suffisant, j'ai du mal à respirer.

Mes parents m'accompagnèrent à l'extérieur. Ils me prirent chacun par un bras et ne me lâchèrent à aucun moment ; ils avaient peur que je leur fausse compagnie pour me précipiter dans le vide.

Lorsque j'étais illuminé

Leur protection à mon égard me rassura, car je ne savais pas à l'avance quel genre de pensées allaient m'assaillir l'instant d'après. J'étais devenu mon pire ennemi.

— J'ai froid, je ne veux pas rester là.

— Retournons à l'intérieur, nous te laissons encore un peu la porte ouverte jusqu'à ce que tu ailles mieux, dit calmement mon père.

— Où as-tu mal ? s'inquiéta ma mère.

— J'ai des angoisses, de fortes douleurs dans la poitrine. J'ai souffert toute la nuit, je n'ai pas pu dormir.

— Mais pourquoi ne nous as-tu pas réveillés ?

(Silence...)

— Je dois vous avouer une chose, j'ai cessé de prendre mes médicaments il y a deux jours.

— Le docteur t'avait pourtant dit qu'il était très important de ne pas arrêter ton traitement ! Reprit ma mère en élevant le ton. Énervée, elle se tourna vers mon père et lui dit, en feignant de m'ignorer :

— Je me doutais qu'il ne prenait plus ses médicaments, je le pressentais. Je m'en veux de lui avoir fait confiance.

Face à l'indignation de ma mère, mon père garda le silence.

— J'ai mal ! Je souffre ! je vais mourir ! Appelez un médecin !

Ma mère se précipita sur le téléphone, mon père resta près de moi, placide. Mes frères dormaient encore, car il était tôt ce dimanche matin.

Lorsque j'étais illuminé

Après seulement quelques minutes d'attente, deux ambulanciers vinrent me chercher pour m'emmener aux urgences. Mon père rassura ma mère en lui disant que les médecins ne me garderaient pas au-delà de la matinée.

À l'hôpital, on me conduisit dans la chambre du service psychiatrique où j'étais venu le soir de mon premier internement. Un infirmier me tendit un verre d'eau avec un médicament.

— Alors, votre mère nous a dit que vous aviez cessé de prendre vos pilules ?

— ...

— Tenez, avalez ceci, ça va vous soulager.

— Merci.

— Quel est le nom du docteur qui s'occupe de vous ?

— Le docteur Clerc.

— Connaissez-vous son adresse exacte ?

— Je ne m'en souviens plus, son cabinet se situe au centre-ville.

— Très bien, je trouverais son adresse et son numéro de téléphone dans l'annuaire. Le médicament ne tardera pas à faire son effet, vous allez ressentir une forte fatigue, n'hésitez pas à vous allonger sur la banquette. Dans une dizaine de minutes, vos parents pourront venir vous chercher. Et surtout veillez, à l'avenir, à bien poursuivre votre traitement !

Je passai le reste de la journée dans mon lit à dormir jusqu'au lendemain matin.

Lorsque j'étais illuminé

Ce lundi, j'allais devoir expliquer ma démarche au docteur Clerc.

— Qui vous a dit de suspendre votre traitement ? Vous mériteriez que je vous tire les oreilles !

— Et puis tiens, je vais vous les tirer, poursuivit le docteur Clerc en se penchant sur son bureau pour m'attraper une oreille qu'il tira symboliquement.

— Bon je plaisante, mais sachez qu'il n'est pas dans votre intérêt de laisser tomber votre traitement car cela vous conduira inévitablement à subir une nouvelle rechute, avec tout ce que cela comporte de souffrance et d'égarement dans votre monde imaginaire...

- 23 -

Je ne réussirai jamais à réaliser une bande dessinée

— Daniel, je ne veux pas que tu baisses les bras, je sais que tu t'en sortiras, me dit mon père.

— Pourquoi me racontes-tu cela et qu'est ce qui te fait croire que je vais guérir ?

— Je ne te vois plus dessiner, il me semble que tu as abandonné ton projet.

— Je n'ai pas d'idée en ce moment, tout simplement.

— Excuse-moi d'avoir été indiscret, mais j'ai pu lire, sur une de tes planches, une phrase disant que tu n'arriveras jamais à réaliser une bande dessinée. Je trouve dommage que tu abandonnes ton travail, je pense sincèrement que tu as du talent.

Les parents trouvent toujours du talent à leurs enfants.

— Je manque de motivation, c'est tout.

Lorsque j'étais illuminé

— Ne baisse pas les bras, je suis certain que tu vas guérir, car j'ai foi en Dieu et j'ai confiance en toi...

Depuis plusieurs jours, plusieurs semaines, je m'étais abandonné à une totale inactivité. Je restais des heures cloîtré dans ma chambre, assis sur mon lit à regarder des émissions sans intérêt à la télévision, lorsque je ne dormais pas.

Très régulièrement, le dimanche en général, mon ami Marius venait me rendre visite. Il me relatait sa semaine passée et s'indignait sur le fait que je n'avais jamais rien à lui raconter. Marius ne comprenait pas mon manque d'énergie ; il était consterné par le peu d'intérêt que j'accordais à la vie. Lui qui se plaignait constamment de ne pas avoir assez de temps pour assouvir toutes ses passions, tant les journées lui paraissaient brèves, trouvait malheureux que je me laisse gagner par l'ennui.

— Tu n'écoutes plus de musique !

— Qu'est ce qui te fait croire cela ?

Il posa son regard sur mon bureau et me répondit :

— Tes cassettes et tes cd sont entièrement recouverts de poussière, c'est bien la preuve que tu ne les as pas écoutés depuis longtemps. On dirait que tu ne vis pas dans ta chambre. Pourtant, tes parents se plaignent que tu ne la quittes jamais. Rien ne semble avoir été déplacé depuis la semaine dernière.

J'avais honte de ce que j'étais devenu. Mon père, Marius, et mes frères, pour ne parler que d'eux, ne comprenaient pas pourquoi j'affichais une telle absence de volonté, de motivation. Ils pensaient

Lorsque j'étais illuminé

que je me laissais aller délibérément. Ils ne savaient pas que l'apathie était l'une des principales conséquences de ma maladie. Avec le temps, ils s'étaient résolus à croire que je ne voulais faire aucun effort.

Un après-midi, en tailleur sur mon lit, je n'avais pas trouvé la force d'allumer la télévision. Immobile, je fixais le vide. Ma mère vînt s'installer silencieusement sur une chaise située à côté de mon bureau.

Elle me regardait sans rien dire. Je ne réagis pas à sa venue : je l'ignorais.

Au bout d'un moment, je devinai qu'elle détourna son regard pour se pencher en avant. Son dos semblait se courber sous le poids écrasant du malheur qui s'était abattu sur elle. Elle se maintint dans cette position, en équilibre : son avant-bras droit calé entre le menton et le genou retenait une tête lourde de questions.

— Comment va-t-on se sortir de cette situation ? finit-elle par prononcer à voix basse, les yeux rivés parterre.

— ...

— Qu'est ce qui a bien pu se passer pour que tu te retrouves dans cet état ? s'interrogea-t-elle encore comme si elle se parlait à elle-même.

— J'ai tout simplement découvert la «Vérité», répondis-je enfin sans croiser son regard.

— Quelle est donc cette vérité qui te fait tant souffrir et qui fait que tu ne t'intéresses plus à rien ?

— J'ai découvert que le monde qui m'entoure est irréel, qu'il est le fruit de mon imagination : malgré les apparences, je suis en train

Lorsque j'étais illuminé

de parler dans le vide. Tu n'es pas là, tu n'existes pas. Personne n'existe.

— Comment peux-tu affirmer une telle chose alors que nous sommes en train de dialoguer ensemble ?

— Je me parle à moi-même, ta présence n'est que le reflet illusoire de mes pensées. Je te le dis : tu n'existes pas, tu n'es pas là.

— Je suis bien présente contrairement à ce que tu crois et encore une fois je me demande bien ce qui a pu t'arriver, tu étais pourtant sain d'esprit avant ton départ pour l'armée !

— J'ai été puni car j'ai croqué le fruit de l'Arbre de la Connaissance. Dieu m'a jugé...

— ...

— Dieu m'a condamné.

— Ne dis donc pas de sottises, personne ne t'a puni.

— Si ! Dieu ! Dieu m'a puni car j'ai péché.

— Tu te condamnes toi-même en croyant de telles insanités.

— C'est de ta faute si j'ai péché, car tu es femme, tu es Ève, et tout comme Adam je me suis laissé tenter...

Ma mère coupa court la discussion et m'abandonna les larmes aux yeux.

Le lundi suivant, elle ne manqua pas de rapporter, au docteur Clerc, notre conversation à propos d'Adam et Ève.

Lorsque j'étais illuminé

— Il se prend pour Adam, docteur et il dit que je suis Ève.

(Silence)

— Je pense qu'il serait bon que vous vous reposiez un peu lors d'un petit séjour à l'hôpital, insista le docteur Clerc en en me regardant au fond des yeux.

— Non ! Je ne veux pas retourner à l'hôpital. Je vais m'ennuyer là-bas !

— Il y a un grand et beau parc dans lequel vous pourrez vous promener.

— Non, ça ne m'intéresse pas.

(Silence)

— Madame Schmitt, pourriez-vous nous laisser seuls quelques instants... s'il vous plaît.

Je compris à l'instant où le docteur Clerc demanda à ma mère de sortir qu'il était bien décidé à ne pas céder face à mon refus.

— C'est bon, j'accepte, lui répondis-je immédiatement sachant que je n'avais pas le choix.

- 24 -

Mardi 2 mars 1993

Ma mère prépara mes affaires, car nous nous apprêtions à nous rendre à l'hôpital de Colmar où j'allais passer un séjour d'une durée indéterminée.

Mes parents n'avaient jamais passé leur permis de conduire, ils comptaient sur la famille, les amis ou les voisins en cas d'urgence, pour le reste ils utilisaient les transports en commun. Mais cette fois-là, nous fûmes pris de court. Nous n'eûmes pas le temps de prendre le train pour arriver à l'heure pour mon admission. Mon frère Alain – le seul à posséder une voiture – était en permission pour quelques jours, mais il avait refusé de nous conduire à l'hôpital : il ne souhaitait pas me savoir à nouveau interné dans un asile, – un asile de fous selon ses propos – il pensait que je n'y étais pas à ma place.

Ma mère fit appel en dernier recours à mon ami Marius. Celui-ci accepta de nous rendre service sans la moindre hésitation.

Pendant tout le trajet, Marius nous parla avec enthousiasme, il ne fit à aucun moment allusion à ma maladie. Il nous conduisait à l'hôpital comme il aurait pu nous conduire à mille autres endroits des plus banals. Il semblait même heureux de me revoir : heureux de refaire le monde dans un long monologue. Il ne se rendait pas compte de ma détresse intérieure.

Lorsque j'étais illuminé

À notre arrivée dans la salle d'attente des admissions, je me mis à trembler de tout mon être : ce fut seulement à ce moment, me sembla-t-il, que mon ami se rappela la raison de mon hospitalisation.

— Tu trembles !

— ...

— Tu as froid ?

— Oui.

— Pourtant il fait chaud ici, il y fait meilleur que tout à l'heure dans la voiture.

Il n'avait pas fini de parler que je vis son visage s'illuminer, il se rendit compte que mes frémissements étaient tout bonnement une des conséquences de ma maladie.

Avant de prendre possession de ma chambre, nous dûmes nous présenter dans le bureau de l'infirmier responsable du service, situé à l'étage où allait se dérouler mon séjour.

L'homme inspecta minutieusement mon unique bagage : un grand sac de sport. Il vérifia que je n'avais pas apporté d'objets pointus, tranchants ou toute autre chose qui aurait pu s'avérer dangereuse pour moi-même ou pour autrui. L'infirmier me confisqua ma ceinture, ma paire de ciseaux et mon rasoir électrique qu'il me rendit cependant le lendemain matin, à ma demande. Quelques instants plus tard, une infirmière nous prit en charge pour nous escorter vers ma chambre – une chambre à un lit comme l'avait souhaité ma mère – Marius regagna le parking, où il allait attendre ma mère, avant de la reconduire chez elle – mon ami avait prétexté être allergique aux hôpitaux. Au passage, l'infirmière nous montra où se trouvaient la salle à manger, le coin salon et télévision, le fumoir et les commodités ...

Ma mère rangea précieusement mes effets dans l'armoire, elle se retenait de pleurer, et ne se retourna vers moi qu'après avoir essuyé furtivement les premières larmes qu'elle n'avait pas pu retenir.

L'infirmière m'informa sur le contenu du règlement intérieur, les horaires des repas et me donna un calendrier sur lequel se déclinaient les menus de la semaine. Elle me demanda de choisir pour chaque jour en cochant l'une des deux cases correspondant à mes plats préférés. J'eus beaucoup de mal à déchiffrer les petits caractères, je découvris que les effets secondaires des médicaments altéraient ma vision de près : je m'en plaignis. L'infirmière accepta gentiment de me lire chaque proposition et cocha mes choix à ma place.

Déjà ma mère prit congé de moi, elle ne voulait pas abuser de la patience de Marius. Elle me laissa seul au moment où la pièce fut baignée par la lumière resplendissante d'une fin d'après-midi ensoleillée.

L'infirmière m'avait expliqué que j'étais libre de circuler dans l'hôpital et le parc, mais que je devais encore patienter quelques minutes jusqu'à ce que le psychiatre responsable de mon suivi vienne me chercher pour la première consultation.

Pour la première fois depuis le début de mes troubles, je ressentis une profonde tristesse m'envahir. J'aurais voulu repartir avec ma mère, retourner chez moi. Ce lieu m'inspirait l'abandon, l'ennui. Dès lors, je me dis que je ferais tout ce qui serait en mon pouvoir pour le quitter le plus rapidement possible : je me montrerais coopératif.

Lorsque j'étais illuminé

Le psychiatre était une femme d'une cinquantaine d'années sans aucune particularité physique. Elle portait une blouse blanche et semblait avoir un caractère bien trempé. Le docteur Duchemin m'expliqua la raison de ma présence dans ses murs. Elle me dit qu'elle allait réajuster le dosage de mes médicaments afin d'améliorer l'efficacité de mon traitement, ce qui me permettrait, assez rapidement selon elle, de jouir d'une certaine stabilité psychique et de pouvoir à nouveau rentrer chez moi.

Le soir venu, à l'occasion du dîner, je découvris les autres pensionnaires. Il y avait là des femmes et des hommes dont l'âge variait de vingt à quatre-vingts ans.

Une adolescente, affichant un réel surpoids, s'assit à ma table. Elle me raconta sans fausse pudeur son histoire, avant de me demander la raison de ma présence ici. N'ayant aucune envie de prolonger plus longuement la conversation, je lui répondis brièvement que j'étais fou.

Elle avait tenté de se suicider à la suite d'une déception amoureuse : elle ne me paraissait pourtant pas avoir l'esprit dérangé, et je m'étonnai que l'on eût pu tant souffrir d'un chagrin d'amour au point de vouloir se donner la mort. Je l'avais laissé parler sans jamais daigner lui répondre, ni même la regarder.

Lorsque vint l'heure où les infirmiers nous exhortèrent à regagner nos chambres pour aller nous coucher, je croisai dans le couloir une dame qui portait une épaisse robe de chambre rose. Ses cheveux blancs témoignaient de son grand âge. Elle me sourit. Machinalement, je lui rendis la pareille. Le pas lent, elle décida de me suivre. Je ne la vis qu'au moment où je m'apprêtai à refermer la porte de ma chambre. Elle s'approchait de moi, faisant glisser lentement, l'un après l'autre, ses pieds qui semblaient à peine lui obéir. Sans une hésitation je refermai la porte pour lui barrer définitivement le chemin. Elle n'abandonna pas pour autant son projet : elle abaissa à de multiples reprises la poignée, surestimant le peu de force que son âge avancé lui conférait, ce qui m'obligea à bloquer, durant quelques minutes, la porte à l'aide de mon pied.

À partir de ce soir-là, je fus résolu à ignorer tous les malades du service pour toute la durée de mon internement.

- 25 -

J'occupais la majeure partie de mes journées à me promener dans le grand parc. Les yeux constamment rivés sur ma montre, je soupçonnais les aiguilles de réduire volontairement leurs cadences. J'évaluais le temps qu'il me fallait pour parcourir les quelques mètres qui séparaient deux bancs, j'essayais ensuite de battre des records de lenteur. Je marchais doucement afin de laisser s'égrener un maximum de secondes. Enfin, je m'efforçais de m'asseoir le plus longtemps possible sur chaque banc qui parsemait mon parcours, abandonnant, contre mon gré, la trotteuse à sa longue course. Je tentais de me fixer au moins dix minutes. Quelquefois, il m'arrivait de tenir de douze à quinze minutes, neuf cent secondes : une éternité.

Traîner dans le parc était l'unique moyen que j'avais de fuir les regards du personnel soignant et d'éviter les diverses activités qu'ils me proposaient. Je ne voulais pas qu'ils se rendent compte de mon absolu désintérêt envers la vie. Je voulais qu'ils me trouvent « normal ». Je voulais que le docteur Duchemin signe mon autorisation de sortie le plus rapidement possible.

Les rares fois où je ne disparaissais pas dans le parc, je restais dans ma chambre pour accueillir mes parents, mes frères, mon oncle, ma tante ou bien encore mes cousines qui venaient me rendre visite.

Durant les longues journées d'ennui, je ne me réjouissais que d'une seule chose : assister à la tombée du jour afin de pouvoir regagner ma couche. J'avais miraculeusement retrouvé le plaisir de dormir. Mais ces nuits de bien-être étaient bien trop éphémères, et chaque matin à l'heure où l'infirmière me tirait du lit, je ne songeais qu'à l'instant où je me glisserais à nouveau sous la fraîcheur des draps.

Un matin, je modifiai mon parcours. Je marchais sous les arcades en direction de la sortie, pour me protéger d'une fine pluie qui venait de me surprendre, quand je découvris, par hasard, l'entrée d'une petite chapelle. Excepté deux grandes portes sur lesquelles étaient accrochés un christ sur la croix et le mot chapelle, rien ne laissait présager qu'il y avait là un lieu de culte. Je décidai d'entrer, cela me ferait passer le temps et me permettrait de m'abriter de la pluie. Surpris, je ne m'attendais pas à tomber en plein milieu d'une cérémonie dominicale. Les journées se ressemblaient tellement que je ne savais même pas que c'était dimanche.

Était-ce Dieu qui, ce matin-là, m'avait guidé jusqu'à sa «maison» ? J'en doutais. Je décidai toutefois, comme pour en avoir le cœur net, d'aller m'asseoir sur l'une des rares places libres.

La messe semblait susciter un vif intérêt auprès d'une assemblée composée uniquement de personnes âgées. L'étroitesse des lieux m'obligea à importuner quelques fidèles, dont un couple d'octogénaires qui n'hésita pas à me lancer des regards remplis de mécontentement. Mais à peine fus-je installé que l'on oublia mon intrusion.

J'aurais tant voulu appréhender Dieu à la manière de ces croyants, imaginer naïvement un « Père » qui se cacherait dans les nuages et habiterait dans les églises. Contrairement à moi, aucune de ces personnes ne souffrait de « connaître » Dieu.

Je me saisis du programme pour suivre le chant que venait d'entonner l'assemblée. Une nouvelle surprise s'empara de moi lorsque je me rendis compte que j'arrivais de nouveau à déchiffrer les petits caractères d'impression. Ma vue de près s'était rétablie. Je ne crus toutefois pas au miracle et me dis que le réajustement de ma médication y était probablement pour quelque chose.

La messe arriva à son terme, j'avais manqué plus de la moitié de la cérémonie. Déjà, les fidèles disparaissaient au loin sous leurs parapluies.

Le mauvais temps m'obligea à passer le reste de la journée à l'intérieur, en compagnie des autres malades, à regarder des émissions sans intérêt à la télévision.

- 26 -

Ce fut en regardant la télévision que j'appris que les élections législatives approchaient. Je n'avais jamais manqué de voter à un seul scrutin depuis l'âge de mes dix-huit ans, et je comptais bien participer d'une manière ou d'une autre à celui-ci. C'était une question de principe. Il n'était pas impossible de voir la France retomber sous le coup d'une seconde cohabitation.

J'informai mes parents de mon désir d'aller voter ; ils furent agréablement surpris par ma doléance et eurent peine à croire en mon intérêt retrouvé pour la politique.

Quelques jours plus tard, l'infirmier en chef m'annonça que je pourrais rentrer chez moi, le temps du week-end, pour m'acquitter de mes obligations civiques.

En cette fin de matinée du vendredi 19 mars 1993, mon père vint me chercher avec son nouveau collègue de travail : Pépito Pereira. Pépito, qui avait rapidement sympathisé avec mon paternel, s'était gentiment proposé pour faire le taxi.

Lorsque j'étais illuminé

Dès que je fus prêt, nous dûmes annoncer notre départ à l'infirmier en chef. Ce dernier en profita pour me rendre ma ceinture et ma paire de ciseaux, puis il m'annonça, avec le sourire, que je pourrais rentrer définitivement chez moi. J'accueillis la nouvelle avec infiniment de joie, mon père et son collègue partagèrent mon émotion. J'étais heureux. Il y avait bien longtemps que je n'avais rien ressenti de tel.

Dans la voiture qui nous ramena chez nous, Pépito s'adressa à mon père et lui dit :

— Tu vois Patrick, c'est le seigneur qui a agi en ce jour, il a permis à ton fils de pouvoir rentrer définitivement chez lui. Je suis certain qu'il se remettra rapidement de sa maladie, Alléluia.

— ...

Pépito était évangéliste.

- 27 -

Le 30 Mars 1993, j'assistai, devant mon poste de télévision, à la passation de pouvoir entre Pierre Bérégovoy et Édouard Balladur. La droite venait de remporter les élections législatives. Je ne connaissais pas très bien le nouveau premier ministre qui avait été nommé par le Président de la République et bien qu'il fût important à mes yeux de voter, le résultat me laissa de marbre.

Depuis mon retour de l'hôpital, je regardais à nouveau beaucoup la télévision. C'était mon unique loisir. Mais je ne suivais les programmes que lorsque je pouvais suffisamment me concentrer, sinon je restais planté devant l'écran, le regard absent.

Mon esprit s'éparpillait trop souvent dans un brouillard intérieur, mais cela ne me gênait pas outre mesure ; l'essentiel était que mes angoisses avaient définitivement cessé de me harceler.

Mes parents et mon plus jeune frère fréquentaient tous les dimanches matin l'église évangélique : « *Le Buisson Ardent* ». Depuis que Pépito les y avait invités, ils n'avaient manqué aucune séance. Mon père s'absentait aussi chaque mercredi soir, il participait aux longues soirées de prières au sein de l'église.

Lorsque j'étais illuminé

Un dimanche matin, tandis que je me prélassais dans mon lit, mon père vint me voir pour me demander avec insistance de les accompagner à la messe. Je refusai.

Mais vint le jour où, sous sa pression, et pour lui faire plaisir, j'acceptai de les suivre. Ils étaient tous les trois très heureux que je les accompagne. « Tu verras c'est une petite église, nous ne sommes pas nombreux, mais l'ambiance y est très conviviale, cette communauté c'est un peu comme une nouvelle famille pour nous, » répétaient-ils constamment.

Thomas nous emmena en voiture, il avait acheté une Volkswagen Passat d'occasion de 1974, de couleur vert pomme comme on n'en voyait pas souvent. Selon ma mère, mon frère avait fait une très bonne affaire en négociant ce véhicule. Elle ajouta que ce nouveau moyen de transport leur permettait de se rendre plus facilement sur leur lieu de culte, car il était assez éloigné. « Dieu nous a donné le moyen de nous conduire à lui, » répétait-elle fréquemment.

Je me demandais si ma famille ne devenait pas folle à son tour. Les comportements des uns et des autres me paraissaient suspects ; cette façon qu'ils avaient de parler de Dieu était inhabituelle. Je n'avais jamais eu la moindre connaissance de la plus infime ferveur religieuse de la part de mon frère. D'ailleurs, depuis un certain temps, de plus en plus de choses et d'événements me semblaient étranges. Il y avait cette histoire que mes parents et certaines personnes de notre entourage racontaient. Cette incroyable mésaventure qui était arrivée à notre voisin et ami qui vivait au troisième étage de notre immeuble. Un bus articulé de plus de vingt tonnes lui était passé sur les deux jambes, après que ce dernier eût glissé dessous. L'homme serait sorti indemne de cet accident sans la moindre fracture. On ajouta simplement qu'il en fût quitte pour une grande frayeur et quelques bleus. À chaque fois que l'on racontait cette histoire invraisemblable, je me bouchais les oreilles, j'étais persuadé que c'était mon esprit qui me jouait un mauvais tour et que j'entendais des conversations qui n'avaient pas réellement lieu. Tout cela ne pouvait être vrai, ou alors il s'agissait de fausses rumeurs, de balivernes. Mais pourquoi mentaient-ils tous ? Comment se faisait-il que je ne reconnaissais plus mes proches ? Étais-je victime d'une conspiration ou entendais-je des

Lorsque j'étais illuminé

voix ? Étais-je en train de devenir paranoïaque ? Et puis, il y avait ce nouveau collègue de travail de mon père, je ne comprenais pas toujours ce qu'il disait lorsqu'il s'exprimait : Pépito semblait venir tout droit d'une autre planète : avait-on d'ailleurs idée de s'appeler Pépito, comble du ridicule ? J'apprendrais tantôt que sa sœur se prénommait Pépita.

Thomas introduisit, avec le plus grand soin, une cassette du groupe Dépêche Mode dans son autoradio. Il ne parlait pas pendant qu'il conduisait, il semblait heureux et affichait un sourire béat.

Le culte dura plus de deux heures. Le programme ressemblait beaucoup à celui de la première messe évangélique que j'avais eu l'occasion de suivre avec ma mère et son amie, avant ma dernière hospitalisation. Deux heures durant lesquelles je m'ennuyai.

Je fus abasourdi par l'homélie du pasteur, il nous parla du paradis comme on aurait parlé, à des enfants, d'un pays enchanté sorti tout droit d'un conte à dormir debout. Autant croire au Père Noël, me dis-je.

À midi et demi, après avoir salué une dernière fois notre « *nouvelle famille* », nous regagnâmes enfin la voiture. Mon frère remit la cassette de Dépêche Mode à l'endroit où elle s'était arrêtée. Je connaissais bien ce groupe et en particulier cet album – *Music for the Masses* – je fus d'autant plus étonné qu'après le célébrissime morceau intitulé « *Strangelove* », se mit à résonner dans tout l'habitacle un chœur de femmes. Je reconnus tout de suite, pour l'avoir écouté un bon nombre de fois, le septième mouvement du Requiem de Gabriel Fauré « *In Paradisum.* » Comment se faisait-il qu'il y eût un extrait de ce Requiem au beau milieu d'un album électro-pop ? Je ne le saurais jamais. Décontenancé, j'écoutai ce morceau qui me laissa sans voix.

À la fin du Requiem, le chanteur du groupe Dépêche Mode reprit tous ses droits avec la chanson « *Sacred* », tandis que je me demandais si je n'avais pas rêvé.

Rêvais-je encore lorsque j'appris, en regardant les journaux télévisés, le suicide de l'ancien premier ministre Pierre Bérégovoy ? Ce fait d'actualité me semblait plus qu'improbable. Comment se faisait-il qu'un homme de la carrure de l'ancien premier ministre – un homme qui avait été à la tête du gouvernement – eût pu se donner la mort ? Je fis part de mon interrogation au docteur Clerc, non pas pour écouter sa réponse, mais plutôt pour vérifier qu'il avait bien entendu la même information que moi.

Le Pasteur de l'église évangélique était venu plusieurs fois à la maison pour prier avec mes parents et m'imposer les mains. Le Père Pascal – c'était son nom – écoutait mon histoire avec la plus grande attention.

Un jour, il me convainquit de détruire toutes mes anciennes lectures, puisqu'elles étaient en partie responsables de mon mal. Le père Pascal affirmait que le diable se cachait dans ces livres.

Dès que j'eus accepté sa proposition, il vint nous voir à la maison, accompagné de Pépito et de Luigi un autre jeune et très fidèle serviteur de l'église.

Après les habituelles prières, et l'incontournable imposition des mains, il me demanda si j'acceptais toujours de me séparer de mes livres. Ne comprenant pas vraiment en quoi la destruction de ces publications allait avoir une action positive sur ma santé, j'hésitai à lui répondre. Le père Pascal me reparla alors du diable, sur le ton de l'apaisement. Pendant ce temps, mes parents nous regardaient, silencieux, en espérant que j'allais m'ouvrir à la demande du pasteur.

Seul contre tous, je finis par accepter.

Nous apportâmes tous les livres sur la table du séjour, mon père avait récupéré des grands sacs en plastique.

— Allez Daniel ! C'est à vous qu'incombe de déchirer le premier livre, cela vous délivrera de la présence diabolique, lança le Pasteur.

Je m'exécutai sans dire un mot.

Dès que j'eus terminé la première destruction, le pasteur encouragea toutes les personnes présentes à me donner un coup de main. Au bout de quelques minutes seulement, les sacs furent entièrement remplis.

Au fond de moi, je regrettais un peu d'avoir dû me séparer de tous ces ouvrages. Je me consolais néanmoins en pensant que le souvenir de ce qui était écrit sur chacune de ces pages demeurerait pour toujours inscrit au fond de ma mémoire.

- 28 -

Ma mère composa le numéro de téléphone de notre voisin du troisième étage, puis elle se mit à parler. Y avait-il vraiment un interlocuteur à l'autre bout du fil ? J'en doutais fortement, mais je voulus en avoir le cœur net. S'il s'avérait que ma mère se renseignait effectivement sur l'état de santé de Monsieur Rhama, j'aurais toutes les raisons de penser que cette histoire de bus de plus de vingt tonnes était bien réelle.

— Comment se porte votre mari madame Rhama ?

— ...

— Il a eu beaucoup de chance, c'est une histoire incroyable.

— ...

— Je comprends qu'il soit encore sous le choc.

— ...

— Oui merci, à bientôt madame Rhama, au revoir.

— ...

— Bonjour monsieur Rhama...

— ...

— À qui téléphones-tu maman ?

— Je suis en ligne avec monsieur Rhama.

— ...

— Oui, mon fils se porte un peu mieux. Il est très curieux, il veut tout savoir, il n'a de cesse de nous espionner, il reprend de l'intérêt pour le monde qui l'entoure et c'est une très bonne chose, poursuivit ma mère tout en me faisant signe de ne point la déranger.

Je me saisis de l'écouteur pour vérifier que monsieur Rhama était bien en ligne comme cela paraissait être le cas.

Je fus plus que surpris lorsque j'entendis la voix de notre voisin à l'autre bout de l'écouteur. *C'était donc vrai.*

Voyant que je portais de l'intérêt à la conversation, ma mère me proposa de me passer son interlocuteur. Et ce fut ainsi que nous finîmes, Monsieur Rhama et moi, par échanger nos impressions.

Je n'étais pas fou, il n'y avait aucune conspiration contre moi, et cela faisait un certain temps que je n'avais plus aucune angoisse. Je m'alimentais à nouveau normalement, j'avais d'ailleurs repris du poids : les médicaments n'étaient pas étrangers à cet état de fait.

L'immense surprise que j'avais eue en découvrant la voix de Monsieur Rhama au téléphone m'avait bouleversé ; l'émotion que j'avais ressentie modifia considérablement la vision que j'avais de mon environnement. Dès lors, je me rendis compte que je n'étais point le centre d'un univers virtuel, fabriqué par la seule force de mon imagination, mais bien un individu unique au milieu d'autres êtres. J'évoluais dans un monde qui avait sa propre existence. Un univers qui avait existé avant moi et qui continuerait d'exister après ma disparition.

Lorsque j'étais illuminé

Enfin mes fausses croyances s'évanouirent.
Enfin je fus délivré de ma maladie.
Ma seconde naissance fut délicieuse.

Cet après-midi-là, je partis me promener seul, cela ne m'était plus arrivé depuis trop longtemps.

J'appréciais la liberté comme jamais auparavant je ne l'avais appréciée.

- 29 -

Une quinzaine d'années se sont écoulées depuis les événements de ce récit.

Près de moi, ma femme qui est enceinte pour la deuxième fois, et notre premier fils Alexandre qui s'amuse du haut de ses quatre ans à aligner ses nombreuses voitures miniatures sur le tapis. Comme tous les enfants, il est heureux et insouciant, il se fiche du lendemain ; pour lui il n'est pas une seconde qui ne soit une fête.

Je l'observe attentivement, il me renvoie aux souvenirs de ma propre enfance. Je me revois profitant, comme lui, de chaque instant de la vie.

Je repense à cette épreuve qui marqua les premières années de ma jeunesse. Je me revois debout, bien droit, la tête haute, sur la place d'armes, cet après-midi du 15 Octobre 1992, face à ce qui restera un grand mystère, mais aussi une grande révélation.

Je n'ai jamais plus cherché à revivre l'expérience de l'« *illumination* », et lorsque la vie me force à m'agenouiller, je m'exécute humblement ; et dans ces moment-là, j'ouvre mon cœur et me laisse pénétrer par l' «*Amour suprême*».

Avec le temps, j'ai fini par comprendre que l'ego est une partie importante de l'être. C'est lui qui transforme les décisions en actions. L'état d'illumination est un état qui s'affranchit de l'ego pour permettre à celui qui le vit d'entrer spontanément en contact avec la Réalité, avec la Vérité, avec L'Être, avec Dieu... Malheureusement, sans l'ego nous sommes incapables de réaliser quoi que ce soit, de partager avec autrui l'amour sous toutes ses formes.

Aujourd'hui, je prends soin de mon ego, comme de la prunelle de mes yeux, et plutôt que de vouloir l'étouffer, je lui accorde toute mon attention pour le faire grandir de la meilleure manière qui soit, ainsi je me présente à Dieu dans toute mon intégrité.

Je relis une dernière fois l'histoire de cette période difficile de ma vie.

Je referme le livre...

Épilogue

Je referme le livre et le dépose sur la table de chevet. Je décide de sortir un peu pour prendre l'air. La nuit est tombée depuis un bon moment.

Je marche tel un automate. Je me sens étourdi après ces longues minutes de lecture. À chacun de mes pas, je me remémore certaines scènes de l'histoire, lorsque soudain, tandis que je traverse la rue, une immense clarté m'envahit.

L'illumination !

La lumière éblouissante m'empêche de voir arriver une voiture qui réussit à m'éviter. Les klaxons d'autres véhicules, dérangés par ma présence au milieu de la chaussée, n'ont que peu d'effet sur moi. J'ai l'impression de flotter entre deux mondes. Je regagne sans incident, comme par enchantement, le trottoir d'en face.

Une force intérieure me pousse à parler avec les passants. Je m'exprime en leur présence sur « le mystère de la vie ».

Je me vois parler de Dieu à des inconnus, certains rient, d'autres, plus inquiets, me fuient.

Je suis interpellé par des policiers...

Lorsque j'étais illuminé

... Je suis à l'intérieur d'un fourgon, puis au commissariat, et encore... dans une ambulance.

J'entends les paroles d'un médecin qui me dit que je serai bien soigné. Enfin..., je ne me souviens plus de rien.

Mon réveil est douloureux. Il fait jour depuis un moment. Une infirmière me dit que je suis aux urgences psychiatriques, elle m'explique que ce sont des policiers qui m'ont emmené ici, tard dans la nuit, parce que j'avais troublé l'ordre sur la voie publique en clamant d'étranges prophéties. Les forces de l'ordre ont remis au docteur, responsable du service, mon portefeuille avec mes papiers d'identité qu'ils ont récupérés sur moi. L'infirmière ajoute que ma famille a été prévenue de mon hospitalisation...

J'erre dans les couloirs. Je suis très angoissé. Je pense à ma famille, comment vais-je leur expliquer ce qui s'est passé ? Comment leur dire que j'ai rechuté ?

— Tu es là pour quelle raison ? me demande un jeune homme, m'extirpant brutalement de mes pensées.

— Si quelqu'un te le demande, tu répondras que j'ai fait une mauvaise chute.

— Dis-moi la vérité, tu n'es pas interné dans un hôpital de fou pour une blessure physique ! Ne crains rien, tu peux me faire confiance, je ne dirai rien à personne.

— De toute manière tu ne me croiras pas.

Lorsque j'étais illuminé

— Nul ne croit mon histoire, cela ne m'empêche pas de clamer haut et fort que je suis le Père. N'aie pas peur ! Exprime-toi !

— Je porte en moi la lumière divine, je suis illuminé...

— Illuminé, toi ! Tu n'en as pas l'air. Le jour où tu seras vraiment illuminé, tu auras la soudaine compréhension qu'il n'y a rien ni personne à illuminer. L'illumination est, tout simplement. Tu ne peux la posséder. Elle s'éloignera de toi à chaque fois que tu voudras t'en saisir.

Surpris par sa réplique, je ne lui réponds pas. Il s'éloigne.

Voilà quelqu'un qui vient de lire un ouvrage de Tony Parsons. S'il croit m'impressionner, il se trompe !

Je me dirige vers le fumoir. À l'instant où je m'apprête à y entrer pour allumer l'unique cigarette que m'a rendue l'infirmier tout à l'heure, un deuxième patient m'accoste en m'agrippant par l'épaule. C'est un homme plutôt âgé, qui s'exprime difficilement d'une voix froide, métallique, une voix à faire frissonner les morts.

— Vous devriez cesser de fumer ! C'est très mauvais pour la santé. Regardez l'état dans lequel je me suis mis ! dit-il, en écartant un court instant de sa gorge un drôle de micro qui laisse apparaître un trou.

— C'est à cause des cigarettes ça, monsieur ! Oui, du poison que je consomme depuis l'âge de quatorze ans, continue-t-il.

Mon regard passe alternativement de la cigarette que je tiens entre mes doigts au visage de cet homme étrange. Je me dis que je suis en train de rêver. Je me ressaisis et lui demande :

— Ne vous appelleriez-vous pas Alfred par hasard ?

— C'est exact, qui vous l'a dit ?

— !?!

Lorsque j'étais illuminé

L'effet de surprise que vient de me provoquer cette mystérieuse rencontre me laisse sans voix. La peur faisant spontanément place à l'étonnement, je fais un pas en arrière afin de m'éloigner, de fuir. Mais une ultime question me taraude encore l'esprit. Je me reprends :

— N'auriez-vous pas rencontré, ici même, un jeune homme du nom de Daniel ?

— Si, j'ai beaucoup apprécié sa gentillesse. Il nous a quittés avant-hier matin, une infirmière me l'a dit car je l'ai cherché dans tout le service, j'ai souhaité qu'il dessine ma femme alors qu'elle était venue me rendre visite. L'infirmière a ajouté que Daniel a été transféré dans un hôpital militaire, près de Strasbourg. Je n'ai même pas eu l'occasion de le saluer avant son départ. Il ne me reste en souvenir que le portrait qu'il a réalisé de moi.

— Mais vous ! Vous le connaissez Daniel ? Vous savez où je pourrais le revoir ?

— ...

Mon père, ma mère et ma sœur viendront me visiter tout à l'heure. En pensant à eux, je me souviens que j'ai oublié de téléphoner à Fatima, hier soir, pour lui souhaiter son anniversaire. Jamais encore je n'avais omis de souhaiter l'anniversaire à ma sœur.

Étendu sur mon lit, et en dépit de la forte dose de médicaments que l'on m'a demandé d'avaler, je ne réussis pas à m'endormir. Je regarde en direction du chevet. La clarté d'une nuit de pleine lune me permet d'entrevoir le verre d'eau sur lequel se dresse la pomme qui n'a été croquée qu'une seule fois. Je considère ensuite la couche vide dans laquelle Daniel a très certainement dû dormir les nuits précédentes. Je n'arrive pas à comprendre ce qui s'est passé, ou plutôt ce qui est en train de se passer.

Lorsque j'étais illuminé

Comment est-il possible qu'un personnage de roman puisse vivre pratiquement au même moment dans la réalité ? Dans ma réalité ! Le seul moyen d'avoir la réponse à cette étrange question serait de me rendre dans cet hôpital militaire, à Strasbourg, afin de le rencontrer. Je mènerai mon enquête pour vérifier l'étrange véracité de son existence. Je dois absolument trouver le moyen de me faire transférer à l'hôpital Lyautey.

Je décide de m'allonger dans l'autre lit, celui dans lequel Daniel s'est endormi les nuits dernières.

Avant de m'abandonner au sommeil, une ultime certitude s'impose à ma raison :

« Moi, Rachid, je ne suis pas fou ».

Je remercie du fond du cœur pour leur présence et soutien, mes parents Marie-France et Jean-Paul, mes frères Frédéric et Franck.

Je remercie tout particulièrement Véronique, mon épouse et première lectrice que j'aime, mes merveilleux enfants Alexandre et Pauline.

Je remercie aussi mes amis et premiers lecteurs qui m'ont vivement encouragé : Raymonde Schwaertzig, Liliane Parmentier, Régine Gensbittel, Françoise Dubs, Marie-Christine Morat, Marcial Morat, Marc Leroi, Ely-Marius Quaisland, Corine Matteoli ma correctrice, Eric Descamps pour m'avoir permis de réaliser ce rêve, ainsi que les nombreux fans que j'ai rencontré sur les réseaux sociaux et qui ont tout de suite adhéré à mon projet.

Stéphane

ATINE NENAUD

Déjà parus

Des vertes et des pas mûres (Eric Descamps) , 2011

Alvéoles (Eric Descamps), 2011

Touch – rédemption (Danielle Guisiano), 2012

La complainte d'Irwam (Anna Combelles), 2012

Nemeton (Céline Leclercq), 2012

Retrouvez nos auteurs et ouvrages sur :

www.enattendantlorage.org